Het einde van Erna Ankersmit

Van Anna Enquist verscheen eerder bij De Arbeiderspers:

Soldatenliederen (1991, gedichten)
Jachtscènes (1992, gedichten)
Een nieuw afscheid (1994, gedichten)
Het meesterstuk (1994, roman)
Klaarlichte dag (1996, gedichten)
Een avond in mei (1996, tekst herdenkingstoespraak 4 mei)
Het geheim (1997, roman)
De kwetsuur (1999, verhalen)
De gedichten 1991-2000 (2000)
De tweede helft (2000, gedichten)
Met Ivo Janssen: *Tussen boven- en onderstem* (2001, cd)
idem: *De erfenis van meneer De Leon* (2002, cd)
idem: *Kom dichterbij* (2002, cd)
Hier was vuur (2002, gedichten)
De ijsdragers (2002, Boekenweekgeschenk)
De sprong (2003, vijf monologen)
De tussentijd (2004, gedichten)
De thuiskomst (2005, roman)
Alle gedichten (2005)
Met Ivo Janssen: *Lawines van steen* (2006, cd)
Kerstmis in februari (2007, gedichten)
Contrapunt (2008, roman)
Nieuws van nergens (2010, gedichten)
Twaalf keer tucht (2011, monologen en portretten)
Met Ivo Janssen: *De uittocht* (2011, cd)
De verdovers (2011, roman)
Kool! Alles over voetbal (2012)
Gedichten 1991-2012 (2013)
Een kooi van klank (2013, Poëziegeschenk, CPNB)
Kwartet (2014, roman)
Hoor de stad (2015, gedichten)
Een tuin in de winter (2017, Privé-domein)
Want de avond (2018, roman)
Berichten van het front (2020, gedichten)
Tegenwind (2020, essays)
Sloop (2021, roman)
De onderkant (2025, gedichten)

Anna Enquist

Het einde van Erna Ankersmit

Roman

Uitgeverij De Arbeiderspers
Amsterdam · Antwerpen

MIX
Papier | Ondersteunt verantwoord bosbeheer
FSC® C004472

Omslagontwerp: Marjo Starink
Omslagillustratie: © William Collins / Alamy
Portret auteur: Bianca Sistermans
Typografie: Perfect Service

ISBN 978 90 295 5548 7 / NUR 301

arbeiderspers.nl

What cannot be avoided, must be welcomed.
– William Boyd, *Brazzaville Beach*

1.

De voortuin is een oerwoud. Hazelaar, klimop, een overwoekerde berk. Lianen reiken naar de hemel en zwaaien mee met de wind. Stevig huis, drie verdiepingen. Veel trappen.

Wat vertelt een voortuintje? Visitekaartje van de bewoner of een afleidende boodschap om de eigenheid geheim te houden. Wie weet is er achter het huis een diepe, ordelijke tuin met bloemperken en groentebedden. Voortuin zegt: machteloze sloddervos. Achtertuin wijst op competentie en overzicht.

Op een wandeling met haar man in Wales, jaren geleden, overnachtten ze in een verschrikkelijk benepen en hopeloos vervallen stadje. Ze liepen nog een rondje voor ze zich gingen melden bij het treurige hotel. Er was een afbladderend ziekenhuisje waarin alleen nog een pedicure en een huisarts kantoor hielden. Er waren pannen van het dak gevallen en drie van de vijf deuren waren dichtgetimmerd. Achter het lage muurtje zagen ze vuilnis, vieze kranten, hondenpoep.

Iets verderop lag een voortuin die was afgesloten met een houten hek. Donkergroen. In witte letters was erop geschilderd: PLEASE. Meer niet. Niet: wees alsjeblieft welkom, of sluit het hek achter je, liever geen reclamefolders. Nee. Alleen maar: please, help, het gaat niet meer.

Het hekje hier hangt uit zijn voegen, ze schuift het met een knie opzij. De gordijnen in de erker zijn open en naast de deur is een bel. Gewone mensendingen. Ze pakt een papier uit haar rugzak. Er staat een lijstje namen en adressen op. De A van Ankersmit, dat moet hier zijn, al staat er geen naam op de deur. Wel een sticker op de brievenbus met 'Nee, Nee' erop. De bel klinkt luid en sonoor. De wachttijd tot er een reactie op komt zegt iets over de leeftijd van de bewoner, denkt ze. Niet generaliseren, niet invullen. Alleen wachten en kijken. Zonder dat ze iemand heeft horen aankomen gaat de deur ineens open. Ze ziet een magere vrouw met slordig, grijs haar en een gezicht zonder enige uitdrukking. Altijd even naar de voeten kijken: dikke wollen sokken. De vrouw zwijgt. Nu kijken ze elkaar aan. Het briefje stopt ze weg in een jaszak.

'Goedemorgen. Ik ben Vronie Berkhof. Van de thuiszorg. Ik hoop dat het u schikt om even te overleggen.'

De vrouw blijft zwijgen maar kijkt haar nu licht geërgerd aan. Dan schuift haar blik naar boven, naar een punt boven Vronies hoofd en tuurt de vrouw aandachtig naar wat ze daar ziet. Vronie draait zich om. Loodzware donkere wolken hangen boven de huizen aan de overkant. Onder de dreigende wolkenlaag ziekelijk zonlicht. Een zwerm zwarte vogels vliegt krassend weg. Als er noodweer op komst is vluchten de dieren naar veiliger gebied. Ophouden nu, met die onheilspellende gedachten. Concentreren op de volgende taak. Ze draait zich weer naar de vrouw in de voordeur.

'Ik heb met thuiszorg niets te maken,' zegt die. 'Dus ik weet niet wat u hier komt doen.'

Vronie pakt het papier er weer bij.

'U staat op mijn lijst. Kreeg ik van de huisartsenpost. Mevrouw Ankersmit. Bovenaan staat u, hier.'

Ze wijst aarzelend de naam aan. Het lijkt of er een storm opsteekt, ze hoort het zuigen van de wind. Dan kletteren ineens hagelkorrels zo groot als knikkers op haar schouders. Ze spatten op van de stenen stoep en rollen een eind verder over de grond. Moet ze hier nu blijven staan? Of inpakken en wegwezen, naar het volgende adres?

'Misschien een misverstand?' schreeuwt ze. 'Het is mijn eerste werkdag in deze functie. Kan zijn dat ik het niet goed heb begrepen. U bent wel patiënt bij de huisartsen daar?'

De hagelbui is oorverdovend. Met een klap knalt er een tochtdeur dicht achter de vrouw. Mevrouw Ankersmit. Zo meteen barst de regen los, denkt Vronie, en dan sta ik hier nog steeds te stuntelen.

'Komt u maar even binnen dan. Om een en ander op te helderen.'

De vrouw draait zich om en beent op haar sokken de gang in, zonder om te kijken. 'Thuiszorg, thuiszorg – het idee!' hoort Vronie haar mompelen.

In een ruime keuken gaan ze tegenover elkaar aan tafel zitten. Stapels boeken liggen daarop, slordige papieren, een beker met potloden. Die rommel schuift de vrouw resoluut naar de kant zodra ze zit. En weer zwijgt.

Vronie zucht. Had hier niet aan moeten beginnen. Meer inlichtingen moeten vragen. Begeleiding eisen. Ik kan er niets van. Mevrouw Ankersmit heeft haar armen op tafel over elkaar geslagen.

'Ik houd er niet van om op lijsten te staan waar ik niets van weet. Ik neem het u niet kwalijk, maar het zint me totaal niet. Straks vraagt u me zeker om koffie te zetten – dat is een test, toch? Of de bejaarde dat nog voor elkaar krijgt. Intussen kan u rondgluren of het hier een beetje hygiënisch is. Nee. Vreselijk.'

Vronie bloost. Rondkijken, dat had de huisarts inderdaad gezegd. Is het smerig, is er orde, kijk eens in de ijskast, ruik eens goed. Gênant, echt. Open kaart spelen is het beste. Zeggen dat ze niet goed is voorbereid op dit gesprek, dat ze over de thuiszorgorganisatie nog weinig weet, dat ze uit een volstrekt andere sector komt.

Mevrouw Ankersmit kijkt haar nu met enige belangstelling aan. 'Wat deed u dan?'

'Ik werkte bij een orkest,' zegt Vronie. 'Het geld deed ik. En de administratie. Het orkest is opgeheven sinds de bezuinigingen op cultuur. Zonder subsidie, met alleen maar privédonaties, konden we het niet redden. Ik ben net veertig geworden. Het kan nog, iets heel anders gaan doen, dacht ik. Ik werkte vroeger in de vakanties als verpleeghulp, dat vond ik fijn. Vooral in het verzorgingstehuis. Omdat het alleen maar over heel gewone dingen ging: opstaan, lopen, horloge zoeken, kamer terugvinden, koffie drinken zonder morsen. Klinkt misschien suf, maar ik vond het een bevrijding, toen.'

'Waarvan moest u dan bevrijd worden?'

'Keuzes. Studie, relaties, toekomst, verantwoordelijkheid voor dingen waar ik geen greep op had. Wat ik moest doen en waarom. Armoede, oorlogen, politiek.' Ze valt stil. Wat heeft dit voor nut, wat doe ik eigenlijk hier? Die vrouw is tachtig, heeft alles meegemaakt, is, als ze niet dementeert, misschien heel wijs. Ben ik op zoek naar goede raad? Hoe dan ook ben ik beroerd van start gegaan en zit ik hier als een naïeve klungel. Logisch dat ze zich ergert over zoveel incompetentie. Ik ga weg, dat is het beste.

Maar mevrouw Ankersmit is nu toch opgestaan en naar het aanrecht gelopen. Ze zet koffie in een ouderwets filterapparaat.

'Melk?' vraagt ze. 'Suiker? Wat was je naam ook weer?'

'Vronie. Beetje melk graag. Het spijt me.'

De regen klettert tegen de ruiten. Inderdaad een enorme achtertuin, ziet Vronie nu ze in de conversatiepauze even durft te kijken. Uitgebloeide stengels, hoge bomen helemaal achterin, vetbollen en een pindasnoer dicht bij het raam. Wat zou die vrouw de hele dag doen? Haar gezicht komt me bekend voor, maar ik kan haar toch nooit gezien hebben. Ze zet zonder trillen of beven twee bekers op tafel en gaat moeiteloos weer zitten. Die heeft echt geen thuiszorg nodig.

'Het kan zijn dat de artsen gewoon een lijst hebben gemaakt van bejaarde patiënten. Inventariseren wie er in de toekomst misschien zorg nodig zal hebben?'

'Hou toch op over die thuiszorg,' zegt mevrouw Ankersmit. 'Je kan toch teruggaan en om duidelijke instructies vragen. Nooit iets doen wat je niet begrijpt. Tenzij je daar zelf voor kiest, natuurlijk, als experiment. Dat is iets heel anders, dan blijf je in zekere zin toch de baas.'

Geen idee waar ze het over heeft, denkt Vronie, maar de sfeer is gekanteld, ik hoef hier niet meer als dubieuze thuiszorger te zitten, er is een soort gesprek gaande. Ze heeft koffie voor me gezet, het is meer dan guur buiten en hier is het warm. Ze leunt achterover op haar keukenstoel.

2.

Er zijn jaren geweest dat Erna Anker (voor het schrijven had ze 'smit' maar weggelaten, twee keer twee lettergrepen is echt beter) langdurig in de top 60 stond. Dat ze in programma's op radio en televisie uitgebreid werd ondervraagd over het laatste boek, over het volgende. Nu zijn er bijna geen literatuurprogramma's meer. Haar productie is ook stil komen te staan, dat is misschien nog pijnlijker. De verkoopcijfers uit het begin zal ze nooit meer halen, mensen lezen niet meer en als ze het al doen zie je de boeken niet in de tram of de trein, want de tekst staat in een apparaat of een telefoon. Economisch gezien is fictie schrijven zinloos. Is dat een reden om ermee te stoppen?

Nou ja, ergens wel, misschien, denkt ze. Het is een vak. Als het niet loont om het uit te oefenen moet je daarmee ophouden. In een ander vak was ik al jaren met pensioen geweest, al heb ik geen idee waarmee ik de dagen dan zou vullen. De volstrekte onafhankelijkheid van het schrijven heeft me altijd wel bekoord. Niemand die je de wet voorschrijft, taken opdraagt, over je werk en je wijze van werken heerst. Ja, je neemt wel eens een opdracht aan – onderwerp, omvang, aard van de tekst – maar alleen als je daar zelf voor kiest, als je er zelf echt achter staat. Autonoom blijf je altijd, als auteur.

Al lang geen opdrachten meer gekregen trouwens. Die bron droogt ook op, net als de royalty's. Dan komt het op de intrinsieke motivatie aan. Heeft een echte schrijver niet altijd onderwerpen die hij (nee, zíj) wil belichten? Onderzoeken, moet je zeggen, dat staat veel wetenschappelijker. Waar haal je ze vandaan? Uit je eigen nieuwsgierige brein, uit je ervaring, uit invallen die je niet loslaten. Ja, ja. Als er niets komt bovendrijven moet je gaan lopen. Lange einden. Alleen. En dan aandacht hebben voor wat er in je opkomt. Tot nu toe is dat altijd wel gelukt. Waarom dan dat vastzitten, die plakkerige stilstand? Weerzin eigenlijk, als ik echt eerlijk ben. Begin al te zuchten als ik die beker met potloden zie, die stapel lege schriften, die platte manuscriptenmap. Wil die hele zooi wel van tafel vegen. Een leugenachtig bestaan leid ik tegenwoordig. Mevrouw is schrijver maar mevrouw schrijft niet. Mevrouw heeft de hakken in het zand gezet. Mevrouw wil niet meer. Ze zet de koffiekopjes in de gootsteen en gaat de tuin in. Het regent niet meer.

Thuiszorg – ze moet er ineens om grinniken. De woede is kennelijk weggesijpeld. Over een tijdje komen de bollen weer op, denkt ze, krokussen, winterakonieten, narcissen. Het was toch een aardig meisje eigenlijk, jonge vrouw moet ik zeggen. Slordige blonde knot op haar hoofd, levendige grijsblauwe ogen. Warm wollen jasje, lelijke sjaal, onelegante handschoenen. Kan haar kennelijk niet veel schelen hoe ze eruitziet. Wandelschoenen ook nog. Ik ben nog observant, al heb ik soms wat langer nodig om de juiste woorden te vinden. Dat kind was met haar kop voorover in zo'n nieuwe baan gestort. Eerst jaarrekeningen en muzikantensalarissen, dan van de ene dag op de andere steunkousen en mobiliteitsbeoordelingen. Beetje impulsief. Maar ondernemend, zeker. Benieuwd wat ze nu doet. Denk niet dat ze de andere adressen op haar lijstje nog langsloopt vandaag. De twijfel is gezaaid.

Binnen ziet ze het kaartje van de thuiszorgorganisatie op tafel liggen. Vronie heeft haar telefoonnummer op de achterkant geschreven met een van de potloden uit de beker. Hoe schrijft u, vragen mensen steevast bij lezingen: op de computer of met de pen? Typemachine misschien, dat doet nog een enkele zeer oude collega van u, nietwaar? Nee lieve mensen, zucht Erna dan, ik schrijf met potloden. Ze staan in een bosje op mijn tafel en een goede puntenslijper is goud waard. Potlood is beklijvend en tegelijkertijd ook niet. Dat geeft net een kiertje waartussen je iets op durft te schrijven.

Ze schuift het visitekaartje onder de beker. Op de stoep, met haar jas al aan, had Vronie gevraagd of ze nog eens terug zou komen om te vertellen hoe het nu zat met die rare adressenlijst en hoe het was afgelopen. Erna had tot haar eigen verbazing geknikt en gezegd dat ze dat wel een leuk idee vond. Belachelijk, denkt ze nu, ik houd toch totaal niet van mensen. Ik zou me dit soort contacten van het lijf moeten houden. Of is het professionele nieuwsgierigheid, ga ik een roman schrijven over de thuiszorg? Misschien wil ik er meer over horen, verschrikkelijke verhalen over bejaarden die de hele dag in hun vuil moeten liggen in ongeluchte kamers, horrorstory's over falende geheugenfuncties, stapeling van gruwelijke ouderdomsklachten, eenzaamheid, verval. En dan denken: dit gaat niet over mij. O nee, ik loop, ik sta rechtop, ik buk met gemak om onkruid uit de grond te rukken, ik weet welke dag van welke maand het is. Nooit ziek geweest, bij de huisartsenpraktijk weten ze kennelijk niet eens wie ik ben. Ik kijk wel uit. Zodra je iets laat controleren vinden ze wel een defect en word je opgezogen in de medische molen. Bloeddrukverlagers, anticholesterolpillen, slaapmedicatie. Moet je verre van blijven, het is het trapje naar de onderwereld.

3.

Zeiknat komt Vronie thuis. Daar ligt Thomas met zijn lange lijf uitgestrekt op de bank.

'Hoe was het?' vraagt hij.

'Drama. Waar zijn de kinderen?'

'Voetbaltraining. Vriendin.'

Ze schudt haar natte jas uit en hangt hem op. Terwijl ze door de kamer blijft drentelen vertelt ze over de thuiszorgmanager met zijn veel te dikke buik en veel te gladde praatjes.

'Hij stuurde me de straat op om de behoefte aan zorg te inventariseren. Terwijl die mensen op de lijst van niets wisten! Na één zo'n gesprek ben ik teruggegaan, ik wist zelf óók van niets natuurlijk, het sloeg nergens op. Hij moest beleid maken, zei hij, naar de toekomst toe. Hij maakte wel excuses, hij had me niet meteen moeten inschakelen, onervaren, incompetent, had hij aan moeten denken. Maar intussen was het míjn fout. De zak.'

'Ja zeg, hij moet je eerst een week of wat met een juffrouw

Jannie laten meelopen. Een spoedcursus laten volgen, zodat je weet waar je op moet letten.'

'Er is nergens tijd voor, zei hij. Moordende concurrentie van andere instellingen. Maar ik krijg een inwerktraject, dat wel. Waarom lig jij zo te simmen? Ook tegenslag vandaag?'

Thomas gaat overeind zitten en steunt zijn hoofd met zijn handen. Kreunt.

'Ze heffen de hele vakgroep op. Doen ze bij alle talenstudies. Niemand studeert meer af in een taal. Bij ons wordt het: Oost-Europa-studies. Beetje geschiedenis, beetje cultuur, taalvaardigheid om je in een hotel of een winkel te redden. Eigenlijk een toeristische opleiding, je kan er reisleider mee worden of beheerder van een tourorganisatie. Géén slavisten meer. Geen mensen die een gesprek of een verhoor voor elkaar krijgen, die dialecten kunnen onderscheiden, oude teksten analyseren, poëzie begrijpen. Het is een ramp. Nu zitten we allebei in de hoek waar de klappen vallen, jij met je orkest en ik met de universiteit. Zal ik ook gaan omscholen? Wat vind jij?'

'Zijinstromer in het basisonderwijs, dat zou je goed liggen. Dan verdienen we allebei een minimumloon en laten we de kinderen ook werken, om rond te komen. Schappen vullen bij de super, kinderoppas bij de buren. Leerzaam en gezond.'

Thomas schudt zijn hoofd. 'De kortzichtigheid! Wie kan Russische agressie beoordelen zonder uitstekend Russisch te verstaan en te spreken? Kop in het zand! De faculteiten waar nog iets gebeurt, bètavakken en economie, hebben zich verkocht aan de commercie, aan grote bedrijven. Geen onafhankelijk onderzoek meer. Het ergste vind ik dat cultuur naar de afvoerput wordt gedreven. Doe maar weg, zinloze zaken waar niets mee te verdienen valt. Geef eens een biertje?'

'Ik weet er ook geen raad mee,' zegt Vronie op weg naar de ijskast. 'Je voelt je meteen minderwaardig als je zo wordt afgekeurd. Waarom voelen we ons juist niet superieur? We houden ons bezig met al eeuwenlang bestaande waarden, dingen waar mensen altijd troost en zingeving aan ontlenen – schilderkunst, muziek, literatuur! Daar kan je toch trots op zijn, daar kan je een belang aan toekennen dat niet meteen omvalt bij de eerste aanval. En dan die stomme economische pleidooien over kunst: concertbezoekers die eerst uitgebreid gaan dineren en na het concert een hotel nemen, grote bedrijven die hun panden opsieren met verantwoorde beeldhouwwerken, de werkverschaffing bij de universiteit of de opera – allemaal gelul. Allemaal net niet raak. Het is wel waar, maar daar gaat het niet om.'

Ze komt terug met twee koude flesjes en gaat naast Thomas op de bank zitten.

'Ik ben door de knieën gegaan. Niet dat ik daar een keuze in had, ik was gewoon mijn baan kwijt. Het werk dat ik nu ga doen is weliswaar volstrekt onderbetaald maar moreel enorm hoogstaand. Hoef ik me daar in elk geval niet beroerd over te voelen.' Ze proosten.

'Ik vind het niet eens zo erg als ik deze baan verlies,' zegt Thomas. 'Dat zo'n complete studierichting verloren gaat, dát is erg. Dat budget-gedreven denken en oordelen, dát is verwerpelijk. Laten we erover ophouden, klagen maakt ons alleen maar machteloos en kwaad.'

'Vandaag was ik bij een oude mevrouw. Het was gênant. De huisarts had haar op een lijst gezet voor een thuiszorgindicatie. Onder druk van een manager die zijn gebied in kaart wil brengen om zogenaamd betere zorg te leveren. Hij wil de output monitoren en het momentum in gang houden, zegt hij. Dan weet je het wel. Die vrouw wist nergens van en wílde helemaal geen verzorgers over de vloer. Omdat er noodweer uitbrak mocht ik naar binnen en raakten we aan de praat. Ik vertelde haar over mijn onzekerheid, hoe ik in die opdracht was getuind. Ze zei toen iets over autonoom blijven en goed begrijpen wat je precies doet en waarom. Ze had geen zorg nodig, dat kon ik wel zien.'

'Wat doet ze zelf? Ze werkt zeker niet meer?'

Vronie denkt. Niet gevraagd natuurlijk. Weet ook niet of ze een man heeft, of een vrouw, of kinderen. Ik weet niets, eigenlijk. Alleen die tafel vol paperassen. De potloden. Hoe ze die stapels korzelig opzij schoof. Tekenaar? Architect? Schrijver?

'Erna Ankersmit heet ze. Beroep weet ik niet.'

Nu is de belangstelling van Thomas gewekt.

'Dat is Erna Anker, die schrijfster. Vijftien romans, allemaal vertaald, over de hele wereld te koop! Wéét je dat niet? Heb je nooit iets van haar gelezen? Vroeger was ze vaak in het nieuws ook, vaak op de televisie. Nu zal ze daar geen zin meer in hebben, op haar leeftijd. Ik heb best wat van haar gelezen. Een indrukwekkend oeuvre, hoor. Dat je dat niet wéét!'

Vronie snuift en drinkt bier. Wat gaan we eten straks? Nog even zitten en dan maar eens in de ijskast kijken. Erna Anker – nee, nooit van gehoord voor zover ik me kan herinneren. Maar het klopt wel, iemand die helemaal op zichzelf staat, goed kan kijken en intussen bedenkt hoe ze op kan schrijven wat ze ziet. De hele dag achter zo'n tafel met potloden! Wat een vreemd leven. Zou ze het stom vinden dat ik haar niet herkende? Is zo iemand altijd bezig met erkenning, gaat ze ervan uit dat mensen weten wie ze is?

Thomas is opgestaan en zoekt in de boekenkast, bovenin, bij de A. 'Drie boeken van haar,' zegt hij blij. 'Wel oud, uit haar begintijd. Ik denk dat je die wel met plezier zal lezen, als je er tijd voor hebt.'

Hij is een kenner, peinst Vronie, hij houdt echt van schrijvers en heeft altijd een boek bij zich. Als iemand over een roman begint weet hij ervan en kan hij meepraten. Ik heb dat niet in huis, kan me niet echt verliezen in een opgeschreven verhaal. Ja, detectives in de vakantie, dat gaat nog, maar teksten die op zichzelf, wat taal betreft, mooi zijn? Dat is aan mij niet besteed. Ik voel het niet. Als ik lees volg ik het verhaaltje. Wie heeft het gedaan en waarom. Hoe Thomas over boeken praat gaat langs me heen, ik snap het gewoon niet. Wel jammer natuurlijk. Vindt hij vast ook.

'Sorry,' zegt ze ten slotte. 'Ik lees ook nooit iets en daarom onthoud ik geen schrijversnamen. Zou ze het me kwalijk nemen, die Erna? Jij vindt het wel stom zeker?'

Thomas draait zich om. Hij heeft de drie opgespoorde boeken in zijn handen. 'Niet tobben, Vroon, het maakt niet uit. Jij hebt je tuin, je paddenstoelen en je wandelpaden. Die verdienen ook belangstelling. Het grootste deel van de mensheid leest niet. Dat is niet erg, als ze maar ruimte laten voor de lezers. Als er maar gelegenheid blijft voor kinderen om te ontdekken of ze plezier in boeken hebben. Het is net als met muziek, iedereen zou er kennis mee moeten maken, iets over leren, kijken of het bij ze aanslaat. Als je die wegen afsluit sterft er iets. O, wat pathetisch. Maar het is wel zo. Daarom ben ik zo razend op dat faculteitsbestuur. Ik ga koken zo meteen. Wil er niet meer over nadenken. Ga je nog terug naar Anker? Kan je eens vragen of ze nu ergens mee bezig is?'

Doodmoe is Vronie ineens. Ze wil nog meer bier. Ze denkt er niet over om die vrouw lastig te vallen met amateurjournalistiek, een handtekening te vragen – het idee!

4.

Waarom heb ik verdomme geen toegang tot mijn eigen medische gegevens, denkt Erna. Dan zou ik kunnen zien wat die huisarts over me opschreef. Wat hij 'communiceerde' naar de thuiszorg. Betutteling en uitblijven van een overkoepelende strategie. Knoeipotten, klungels. Zolang je goed bij je hoofd bent zou je zelf de strategie moeten bepalen. Klein pasje in je portemonnee waar alles op staat. Zelf zeggen wie wat kan zien. Nee, dat mag niet. Ze willen alles controleren en maken er een rotzooi van, een doolhof.

De papieren liggen weer midden op de tafel, de potloden zijn geslepen en het aantekeningenboek ligt open. Eigenlijk zou ze liever naar buiten gaan. Nieuwe wandelschoenen kopen. De oude zitten lekker, nooit een blaar gehad, maar de naden laten los en het lijkt of de schoenen steeds groter worden. Vronie had mooie schoenen aan. Glad, glimmend leer. Straks, eerst een stukje schrijven. Hoeft niet lang te duren. Uurtje, anderhalf, hoogstens twee. Daarna vrij. Zoals die wijdlopige Amerikaanse schrijfster ooit zei in een interview. Paardenliefhebster, ze had een stal vol eigen paarden, allemaal aangekocht met haar royaltygelden zeker. 's Morgens even achter het bureau en dan de paarden borstelen. Je zag het voor je, grote bewegingen over zo'n paardenflank, middagzon door de kieren van de staldeur, stofdeeltjes opstijgend in de warme lucht.

Ze slaat het schrift open. Het éérste schrift, het begin. Waar het heen gaat weet ze nog niet en het interesseert haar veel te weinig. Ik zit hier omdat ze me schrijfster noemen; er moet weer eens iets verschijnen zolang ik er nog ben. Of ik iets te zeggen heb maakt niet uit. Ik zou kunnen opkomen voor de bejaarden, laten zien dat er ook uit de pen van de bijna-doden aardige teksten kunnen komen. Probleem is dat ik daar zelf in moet geloven. Dat gedonder met die ongewenste thuiszorg heeft me meer gedaan dan ik wil weten. Hoe ze je voortijdig en slecht geïnformeerd alvast in een hok stoppen. Griezelig. Bedreigend. Kan beter naar de wandelwinkel gaan lopen en morgen pas weer naar het beginnende boek kijken. Beweging is goed. Nieuwe schoenen geven hoop. Energie. Is wel wegloopgedrag. Ken ik veel te goed. Pas als het boek me in zijn greep heeft heb ik elke dag zin om eraan te werken. Moet goed bijhouden wát ik opschrijf. Vergeet het te snel. Leeftijd. Vandaar aantekeningenboek. Discipline om dat goed bij te houden. Er vallen gaten in het geheugen maar voorlopig kan ik die nog dichten. Er een vlondertje overheen leggen. Niemand heeft het nog door.

Het is koud maar de zon schijnt veelbelovend. Erna stapt met kwieke pas richting centrum; sleutels, leesbril en bankpasje in de jaszak. De winkel is gevestigd aan een brede doorgangsweg. Zes etalages vol peperdure spullen die niets wegen. Thermokleren, pikhouwelen van aluminium, piepkleine zakjes met complete maaltijden erin. Als je niet in de Himalaya loopt tel je hier niet mee, weet ze. Dan is het personeel niet geïnteresseerd en word je meewarig bekeken. Het is druk op de begane grond, bij de zakmessen en de regenpakken. Schoenen verkopen ze op de derde verdieping. Ze bestijgt de houten trap, een lift is hier natuurlijk niet. Nog een geluk dat je jezelf niet aan oranje touwen omhoog moet hijsen. Aan de wanden grote posters met foto's van gelukkige, vrije mensen hoog op witte bergtoppen. Boven is het minder druk. Ze legt aan een slungelige jongen uit waarnaar ze op zoek is en gaat op een boomstam zitten wachten als hij een deur door gaat om geschikte schoenen te halen. Als hij terugkomt heeft ze haar oude wandelschoenen al losgestrikt. Kijken, passen, die glimmende van glad leer, dat lijkt wel wat. Weinig naden ook.

'U moet ze allebei even aantrekken,' zegt de jongen. 'En dan erop lopen.' Hij wijst op een constructie midden in de ruimte met aan de ene kant vijf traptreden en aan de andere kant een dalende plank. Daar moet ze af. Voelen of de voet schuift in de schoen, of de tenen klem komen te zitten. Doet ze niet. Er is niet eens een leuning om vast te houden. Op haar bek gaan tegenover die snotneus zeker. Geen haar op m'n hoofd. Ze loopt een rondje. Ze bekijkt zichzelf kort in de spiegel. Ze ziet haar uitgediende schoenen bij de boomstam liggen. Deze, die ze draagt, voelen eerder te klein dan te groot aan. Is wel goed, ik loop ze uit. Misschien beneden dunnere sokken kopen voor een exorbitant bedrag. Ze knikt. 'Ik neem ze.'

Met de aankoop in een papieren tas staat ze uitgeput weer op straat. Niet te geloven dat ze in staat zal zijn honderdvijftig kilometer in zes dagen af te leggen, in heuvelachtig terrein ook nog. Nu al moe van een half uurtje lopen. Zou elke dag een wandeling moeten maken, zoals de paardenvrouw elke dag borstelt na gedane schrijfarbeid. Het voornemen voelt goed, maar toch is ze ineens somber. Ik denk niet over de zaken waarover ik zou moeten denken. Ik metsel de toegangsdeuren potdicht met praktisch gedoe en vooral met walging, ergernis en haat. Niemand deugt en alles is verschrikkelijk. Ja, dat laatste gevoel klopt wel maar heeft niets te maken met onverschillige winkelbedienden of nonchalante huisartsen. Waar het dan wel over gaat, achter die gesloten poorten? Ze schudt haar hoofd, ritst haar jas dicht en gaat naar huis.

Met een glas port in de verwelkomende zachte leunstoel; uitzicht op de vogels bij de vetbollen door het grote raam, voeten in de dikke wollen sokken. Nu is er tijd om na te denken wat ze eigenlijk wil met haar boek. Ze laat zich afleiden door wat ze buiten ziet. Natuur is niet lieflijk, het is een voortdurend gevecht om voedsel, om nestplaatsen. De groten verjagen de kleintjes, het lijkt een vrolijke dans maar het is dreiging, aanval en vlucht.

Ineens hoort ze snel opeenvolgende ritmische slagen, alsof iemand tegen een deur timmert. Het klinkt zo boosaardig dat ze aan oorlog moet denken. Als het hier is, bij míjn deur, doe ik niet open. Verstop ik me tussen leunstoel en radiator. Het kan een woedende menigte zijn, mensen met rare lappen om hun hoofd, teenslippers en gescheurde kleren. Nu gaan wíj hier wonen, roepen ze, niet meer in hutten in de woestijn of met vijftien man in een flatje. Ga weg, wij zijn met méér en wij trekken in dit huis dat veel te groot is voor jou. Ze maken alles kapot, ze laten de warmwaterkraan uren lang wijd openstaan, ze maken een vuur op de houten vloer! Nee, het is vast de buurman die iets timmert in zijn schuur. Wat denk ik toch allemaal, het is nog niet zover dat alle thuislozen en misdeelden het recht in eigen hand nemen. Maar ze zíjn misdeeld. Ze hébben geen huis. Misschien moet ik dáárover schrijven. Onrecht, geldzucht, politieke onverschilligheid. Ik weet er niets van en drijf voort op wat ik gekend heb. Dat is waarschijnlijk verwijtbaar. Je moet straatrumoer en actuele ellende in je teksten zetten. Weer hoort ze de klappen van ijzer op hout. Ze slaakt een trillerige zucht en probeert zich te vermannen. Ik woon hier al dertig jaar alleen. Jacob is veel te vroeg gestorven. Niet aan denken. Geen kinderen die kunnen helpen. Nu ineens de herinnering aan die hondsbrutale interviewer – of ik met opzet kinderloos was, gezien de gruwelijke toestand in de wereld? Naïef was ik toen nog, ik kon geen antwoord bedenken. Meteen over iets anders beginnen, zei mijn redacteur later. Vriendelijk kijken en een betoog opzetten over de hoofdpersoon van je roman. Heeft toen wel even geduurd tot ik me weer met enig vertrouwen liet bevragen.

De schemering is begonnen. Erna staat op, pakt haar aankoop uit en zet de schoenen op tafel. Ze fotografeert ze met haar telefoon en stuurt de foto zonder commentaar naar haar wandelvriendin. De eerste stap van een trage voorbereiding op een langeafstandspad. Niets aan de hand, alles gaat gewoon door. Als de telefoon gaat heeft ze hem nog vast. Haar redacteur, ziet ze op het schermpje.

5.

Vronie snijdt groente voor de soep. Bouillon trekken kost te veel tijd, een blokje is ook goed. Ze zet haar zonnebril op als ze aan de uien begint, maar toch gaan haar ogen tranen. Uit de kamer van haar dochter, boven aan de trap, hoort ze vioolklanken. Een loopje, eerst heel langzaam voor de zuiverheid, en dan geleidelijk sneller. Herhalen, inpassen tussen de vorige en de volgende maat, daarna opnemen in de frase. Discipline, denkt ze, Mina heeft een ijzeren en moeiteloze discipline. Heeft ze niet van mij, dat zit bij Thomas in het genenpakket. Huiswerk steevast op tijd af, vioollessen altijd goed voorbereid, sportkleren de avond tevoren klaargelegd. En toch nog tijd om met vriendinnen naar de stad te gaan om zinloze prullen te kopen. Heb daar echt bewondering voor. Het is ook fijn, we hebben zelden ruzie. Ze is nog geen dertien, zou het zo blijven?

De keukendeur vliegt open. Dat is Jan. 'Wat een pokkenweer! Wind tegen, en vanochtend ook al. Ruikt lekker hier. Moet je niet werken? Of is dat nieuwe werk in de avond? Je doet het toch wel?' Op zijn natte schoenen stampt hij door de keuken naar de gang, waar hij zijn jas over de trapleuning gooit. Vronie bukt zich naar de op de grond gevallen handschoenen en legt ze op de verwarming.

'Wil je thee? Kom even zitten, of moet je meteen aan je huiswerk?'

'Ha! Ik heb helemaal geen huiswerk. We hebben morgen een oriëntatiedag. Wat voor vakken je volgend jaar kan kiezen. Voor je profiel.' Hij schopt zijn schoenen uit en trekt een keukenstoel bij de tafel. Vronie legt haar mes weg en gaat bij hem zitten. O ja, thee, weer overeind en waterkoker aan.

'Eigenlijk moet je nu al weten wat je wil studeren, anders heb je kans dat je niet het goede vak hebt gedaan. Best wel stom, vind ik. Hoe kan je nou weten wat je wil worden als je vijftien bent? Ik weet dat niet, hoor.'

'Je weet wel wat je leuke vakken vindt. Geschiedenis, talen, tekenen.'

Jan legt zijn hoofd op zijn armen en zucht. 'Ja, dat is wel zo, maar wat kán je ermee? Kijk maar naar papa, die is supergoed in taal maar hij raakt toch z'n werk kwijt. Wat moet hij nu dan?'

Vronie brengt twee bekers naar de tafel en pakt een koektrommel die ze naast Jans hoofd zet. 'Hij vindt vast wel ander werk. Ik heb ook meteen een nieuwe baan gevonden, toch? Dat gaat Thomas ook lukken. Misschien kan hij leraar worden, ergens.'

'Geloof je het zelf? Wie wil er nu nog Russisch leren? Mensen haten dat land. Het wordt op scholen ook niet meer gegeven, als ze iets extra's doen met talen is het Chinees.

Ook een rotland trouwens. Denk je dat we straks geen geld meer hebben?'

Hij is een tobber, denkt ze, of zijn alle pubers zo? Ik zou hem moeten geruststellen, helpen, maar dat gaat niet. Hij heeft gelijk. Die gedichten van Tjoettsjev, van Blok, van Afanasi Fet – Thomas heeft ze me voorgelezen, in het Russisch en in vertaling – ongelooflijk mooi. Zit iemand daar nog op te wachten? Nee, mensen hebben een afkeer gekregen van die taal en peinzen er niet over om een cursus te gaan doen of een gezellige leesclub op te richten. Alles zal helemaal misgaan, Jan kan beter een vak leren zodat hij niet afhankelijk is van politiek, van subsidies. Loodgieten of timmeren. Nu maar niets zeggen, ik flap er altijd veel te snel iets uit. Hij is gewoon bang dat er dingen veranderen. Dat we arm worden.

'Het zal zo'n vaart niet lopen. Misschien kan Thomas nog iets blijven doen aan de universiteit, in de nieuwe opzet. En anders krijgt hij vast een tijd doorbetaald. Over geld moet jij je geen zorgen maken. Over je keuze van vakken ook niet. Doe wat je graag doet, waarover je meer wil weten. Dan komt het vanzelf goed, zal je zien.'

Jan kijkt haar mismoedig aan, hij lijkt er niets van te geloven. Maar er is toch altijd iets, denkt Vronie, op die leeftijd zijn alle kinderen bezig met het onheil dat de volwassenen hebben aangericht, of waar de grote mensen geen greep op krijgen. Vroeger had je zure regen en daarvoor de atoombom. Altijd onbeheersbare ziektes. Is het nu erger dan toen? Ik denk het wel: klimaatverandering, uitputting van de aarde en overal armoede en oorlog.

'Ik heb je voetbalkleren gewassen, haal ze maar even uit

de droger. Je gaat toch trainen straks?' Die droger, dat kan ook helemaal niet meer. Moet gewoon de boel weer aan de waslijn hangen. Goed voorbeeld geven.

Jan hijst zich overeind. Wat heeft hij enorme voeten gekregen, alsof ze vooruitlopen op zijn uiteindelijke lengte.

'Ik wou dat ik je kon helpen.' Jan snuift en schuifelt de gang op met gebogen hoofd. Van boven klinkt nog steeds Mina's viool, onbekommerd en sprankelend.

's Avonds, als Mina en Jan eindelijk naar bed zijn, zit ze met Thomas op de bank. Hij kijkt naar het nieuws. De inhoud van de berichten dringt niet tot haar door, ze heeft het beeld van haar sombere zoon nog in haar hoofd. Thomas zet de tv uit als de vrolijke weervrouw over het winterzonnetje begint te kakelen. Stilte. Thomas is iemand die graag een plan heeft, denkt ze. Hij zal niet terneergeslagen afwachten tot ze hem afkopen met een magere uitkering. Hij wil iets doen, zelf.

'We hadden vandaag vakgroepoverleg,' zegt hij. 'Een moeizaam gedoe, iedereen is boos en bang. Ik zit serieus te denken om er zelf uit te stappen. Nu! Uit protest. Ik wil er gewoon niet aan meewerken.'

'Wat doen je collega's?'

'Zeuren. Weeklagen. Wachten. We hebben wel een brief gestuurd naar het faculteitsbestuur. Dat zal helemaal niets uithalen. Ik heb daar totaal geen vertrouwen in.' Ze zwijgen.

'Weet je wat ik dacht?' zegt Thomas terwijl hij zijn rug recht. 'De inlichtingendienst. Lijkt me het enige gebied waarop je nog iets kan betekenen als slavist. Gesprekken afluisteren, berichten analyseren, netwerken in kaart brengen. Allemaal geheim.'

Hij zit bevestigend te knikken bij zijn eigen woorden. Vronie is geschrokken. Ze weet dat er vroeger bij het leger selecte officieren werden gerekruteerd voor een intensieve cursus Russisch. Ze moesten gevangenen leren ondervragen, gesprekken kunnen voeren, geheime informatie achterhalen. Misschien is dat nog steeds zo, een militaire inlichtingendienst bestaat vast nog wel. Maar dan zit Thomas één stap bij een oorlog vandaan, dat is toch enorm gevaarlijk, dat kan hij niet doen, hij heeft kinderen!

'Je gaat jezelf toch niet verhuren aan een oorlogsmachine?' zegt ze boos. 'Alleen maar om aan een baan te komen; je bent niet eens in militaire dienst geweest, je hebt met die wereld helemaal niets. Toch?'

'Ik weet het niet. Ik ga me op de hoogte stellen. Er bestaat een algemene inlichtingendienst, geloof ik. Als je daar ambtenaar bent mag je nooit iets over je werk vertellen en krijg je elke maand gevarengeld. Vind ik wel spectaculair.'

'Als je gevarengeld krijgt is het dus gevaarlijk. Niets om zo vrolijk over te doen. Ik begrijp je niet. De ene dag zit je het zinsritme in poëzievertalingen te bestuderen en de andere dag luister je criminelen af. Wat is het verband?' Ze heeft fantasieën over een nachtelijke inval, Thomas wordt door onverstaanbare engerds uit bed gesleurd, meegevoerd naar een Siberisch strafkamp waar het veertig graden vriest.

'Denk liever eens met me mee,' zegt hij koel. 'Ik zoek een alternatief en wat is erop tegen als ik werk ga doen dat een zeker politiek nut heeft? Als ik me wat meer engageer met de problemen die er nu spelen? Je kan wel mooie literatuur zitten lezen en doceren, maar misschien wil ik wel iets anders betekenen, iets doen wat maatschappelijk gezien echt zin heeft. Dan moet jij niet meteen in de contramine schieten, daar heb ik niets aan.'

De deur gaat open en Jan steekt zijn hoofd naar binnen. 'Hebben jullie ruzie? Over geld?'

'We hebben discussie,' zegt Thomas afgemeten.

6.

'We gaan ons terdege voorbereiden,' zegt Erna tegen haar vriendin Paulien. 'Dat is verstandig op onze leeftijd. Vroeger begon ik zonder enige training aan zo'n tocht. Ging meestal wel goed, maar daar durf ik nu niet meer op te rekenen. Weet je nog dat we soms meer dan dertig kilometer per dag liepen? En dat dagen achter elkaar? Met loodzware rugzakken?'

'Godzijdank hebben we nu het wandelbureautje,' zegt Paulien. 'Hotels, routebeschrijving, bagagevervoer, ze doen alles. Zelfs als je het maanden van tevoren hebt besproken staat er op het eindpunt van de dag een vriendelijke taxichauffeur op ons te wachten. Hoe hebben we ooit zonder gekund? Hadrian's Wall heeft geen lange etappes, hoor. Zo'n twintig kilometer per dag. Soms ietsjes meer. Moeten we aankunnen.'

Erna denkt na over die redelijk bewaard gebleven muur tussen Engeland en het woeste gebied daarboven. Over de keizer die hem aanlegde. Hadrianus had geen behoefte aan uitbreiding van zijn rijk, hij vond het groot genoeg. Een sympathiek gezichtspunt, na Darius uit Perzië en Alexander uit Griekenland. Wat wil de man? De man wil méér, schreef een bekende columniste ooit. Maar deze niet, deze wilde wat hij bezat goed beschermen en liet daarom een enorme legermacht jarenlang sjouwen met stenen. Funderingen graven. Wachttorens oprichten. Op ruime afstand van elkaar hele dorpen aanleggen. Hij maakte poorten in zijn muur zodat zijn soldaten handel konden drijven met de noordelijke barbaren. Welke taal spraken ze met elkaar? De soldaten trouwden met inheemse vrouwen en leerden misschien hun taal. In de grensdorpen zijn kinderschoentjes gevonden, er waren gezinnen. Dit was een vredige, menslievende keizer – in elk geval in deze uithoek van zijn imperium. Het is wel Noord-Engeland, denkt ze dan bezorgd. IJskoude wind, veel regen en grote hoogteverschillen. Ik wil het kunnen. Er is geen enkele reden om zoiets niet meer te doen. Ik heb geen nieuwe heupen of knieën, ik lijd niet aan artrose of gebrek aan longcapaciteit. Goed, ik ben geen veertig meer, maar wat is het verschil? Er is geen verschil.

'Als het ons te veel wordt nemen we een taxi,' zegt Paulien. 'Of we laten ons 's ochtends ergens halverwege afzetten. Ik heb een taxilijst van ze gekregen.'

Erna zwijgt. Ze wandelen aan de rand van de stad in een gebied waar de polders doorsneden worden door viaducten en snelwegen, je weet soms niet waar je moet lopen. Hier en daar zijn al iele boompjes aangeplant in kleine groepjes. Het zal een park worden, maar hoelang gaat dat nog duren? In de verte horen ze het geluid van hijskranen en draglines. Er zijn geen dieren, wat er van het grasland nog ongeschonden is ligt leeg te wachten.

Als Paulien vraagt of ze aan iets bezig is weet ze niet goed wat te zeggen. In de beginfase van een boek lijkt het haar beter zo weinig mogelijk mensen in te lichten. Waarom eigenlijk? Maakt het de kans op stagneren, op mislukken groter? Misschien zou het juist goed zijn er zoveel mogelijk over te praten, al vertellende worden je plannen duidelijker en neemt het proces een realistische vorm aan in je hoofd. Ik schrijf een boek, hoor maar, ik praat erover! Onzin, ik moet doen wat me het beste lijkt. Nu is dat: kop dicht.

'Niet echt,' zegt ze. 'Ik zou wel een plan willen hebben, maar het lukt me niet om iets te ontwikkelen en helder te krijgen.' Dat is waar en niet waar. Gisteren, toen haar redacteur ineens belde, heeft ze op dezelfde vraag ja gezegd. Een afspraak gemaakt om erover te komen praten. Dan gaan ze kroketten eten en zal hij naar haar luisteren. Zo gaat het al jaren. Joost is voor haar de best denkbare redacteur. Hij zorgt ervoor dat ze zich nooit opgejaagd of achternagezeten voelt. Hij is totaal niet pietluttig en accepteert met gemak haar weigeringen op zijn suggesties. Hij vlooit haar manuscripten niet voortijdig door maar wil vooral luisteren. Dat is voor Erna een uitnodiging om te vertellen – wat zijn haar hoofdpersonen voor mensen, wat willen ze, waar gaat dat mis, waar zit het conflict, wat is de tijdlijn? En later, meer gedetailleerd, over perspectief, tijdsprongen en verteltijden. Rampzalig als hij met pensioen gaat, denkt ze nu. Voor hem misschien een bevrijding maar voor mij louter verlies. Ben toch niet voor niets altijd bij hem gebleven; zeker in de begintijd werd ze door andere uitgevers verleid om over te stappen. Die zouden nog meer bekendheid, glorie en geld voor haar kunnen genereren, ze zou in hun fonds veel beter op haar plaats zijn, verkopen aan het buitenland zouden lucratiever verlopen en ga zo maar door. Nooit had ze er belangstelling voor getoond, zelfs niet in tijden dat haar eigen uitgeverij in zwaar weer verkeerde, met onaangename directeuren of ernstig tegenvallende winsten. Zij bleef bij Joost, vanwege zijn echte interesse en vanwege de vrijheid die hij haar bood. Zijn vreemd losse aanpak was ideaal voor haar. Na zo'n gesprek liep ze steevast naar huis met een duidelijk idee hoe ze verder moest en had ze er ook weer zin in gekregen. Hij had haar een aantal keren op het spoor gezet van een eindscène als ze niet meer wist hoe ze tot een afsluiting moest komen. Ze voelde zich serieus genomen door hem en dat was wel eens nuttig omdat ze dat tegenover zichzelf maar moeilijk kon. Als ze uiteindelijk haar uitgeprinte boek aan hem gaf schreef hij er dingetjes bij. Ze kon zijn handschrift niet lezen. Gaf allemaal niets. Het functioneerde prima, al tientallen jaren. Hij is nu vijfenzestig. Nog één boek.

7.

Vronie constateert verwonderd dat ze plezier heeft in haar nieuwe werk. Ze heeft een tijdje meegelopen met een ervaren wijkzuster om de vereiste handelingen onder de knie te krijgen en om te zien hoe zo'n huisbezoek eigenlijk toegaat. Een invasie, dacht ze aanvankelijk, maar de praktijk wees uit dat de bezoekjes meer weg hebben van een vrolijk weerzien. Het blijft vreemd om je met een sleutel toegang te verschaffen tot een huis waarin je niet woont, maar Vronies supervisor laat haar zien hoe je dat doet. Beetje lawaai maken, opgewekt goedemorgen zeggen, je eigen naam noemen en die van de cliënt. Vooral uitstralen dat je er zin in hebt. Snel wat opruimen en ordenen, het raam misschien even openzetten, hardop zeggen wat je doet, medicatie controleren en aanreiken, de afgesproken zaken kordaat afhandelen. Vronie merkt dat de cliënten meestal blij zijn met het bezoek, al lijkt het behoorlijk intrusief dat jij in je winterjas binnenkomt om iemand anders na vijf minuten bloot onder de douche te zetten. Ze leert belangrijke zaken over tempo:

dat je bij sommige mensen niet te snel moet praten en handelen, zodat ze alles kunnen volgen. Bij andere is het juist zaak om de vaart erin te krijgen. Vragen hoe het gaat doe je bij de een wel, bij de ander liever niet, om oeverloos geklaag te vermijden.

Ze heeft een zware sleutelbos in haar tas en een lijstje waar de cliënten uit haar district op staan. Eens in de week heeft ze een cursusdag en zo nu en dan krijgt ze een soort tentamen, een toets. Ze leest de opgegeven artikelen en boeken met belangstelling. Het groepje medeleerlingen is heterogeen: jong en oud, man en vrouw, allen met verschillende achtergrond. Het salaris is bedroevend maar dat kan haar vooralsnog niet veel schelen.

Nare dingen komen ook voorbij, dat weet ze. Dat je bij iemand komt en ziet dat het echt niet meer gaat – maar plaats in het verpleeghuis is er niet. Dat je iemand na de verzorging alleen moet laten terwijl je voelt dat dat echt niet goed is en niet verdragen wordt. Dat je hulp wil inschakelen van huisarts of psychiater en dat het gewoon niet lukt. Tijdgebrek, wachtlijsten, misverstanden. Ze probeert overzicht te krijgen van alle betrokken instanties en drijft voort op het plezier in de bezoekjes. Tijdens het werk denkt ze niet aan Thomas en zijn toekomstplannen en nauwelijks aan de kinderen. Het gaat, het gaat goed, fluistert ze zichzelf in.

Op een vrije middag belt ze aan bij Erna Ankersmit omdat ze door haar straat fietst op weg naar huis na haar laatste ochtenddienst. Als het niet uitkomt ben ik zo weer gevlogen, denkt ze, maar wie weet is het leuk en blijf ik even kletsen. Ik dring me niet op, ik vraag aandacht via de bel en zal luisteren naar de reactie. Niet ongevraagd binnendringen, o nee.

Erna doet open. Ze heeft een dik, gewatteerd jasje aan. 'O,' zegt ze wat verbaasd, 'wat aardig dat je langskomt. Ik was net in de keuken.' Vronie volgt haar naar binnen. Bij de keukendeur staan bemodderde laarzen. Erna vertelt dat ze bezig was orde in de tuin te scheppen, maar nu eerst koffie. Ze spreken over Vronies werk en ook nog even over dat vreemde eerste bezoek. Ze neemt het me niet kwalijk, denkt Vronie, ik heb het rechtgezet en nu is het over. Misschien zet ik de klachten van mijn cliënten expres wat aan om haar te laten merken dat zij echt in een andere categorie valt. Ja zeg, iemand die met een spa hele groentebedden omspit en die zich een gesprek van meer dan een maand geleden nog duidelijk herinnert – zo'n persoon heeft geen hulp nodig.

Over de tuin gaat het. Erna's man Jacob heeft hem lang geleden aangelegd. Fruitbomen achterin: appel, kweepeer, een vijg. Dan ruimte voor een moestuin en, dichter bij het huis, bloemen. Nu bloeit er nog niets, maar de winterakonieten en de krokussen komen eraan. Vronie ziet laag bij de grond paarsroze vlekjes, dat zijn de cyclamen, die hebben rare bloeitijden, zegt Erna. Ze zit rechtop, alsof ze zo weer in haar laarzen wil stappen.

'Hoelang doe je die tuin al zelf?'

Erna snuift. 'Ik heb een tuinman, hoor. Die snoeit de fruitbomen. Ik ben al dertig jaar alleen, dan moet je hulptroepen hebben. Voor de belastingen, voor de computer, voor de schoonmaak. Anders word je gek. Jacob had er trouwens ook helemaal geen zin in, zelf aangiftes doen of op een ladder in een boom klimmen. Dus van tijd tot tijd komen hier allerlei mensen over de vloer. Door mijzelf uitgenodigd. Bij die thuiszorg van jou was dat niet het geval en dat ging me te ver.'

Vronie knikt. Wat zou die Jacob voor beroep gehad hebben, waar is hij aan gestorven, zijn er kinderen, heeft ze ooit een nieuwe relatie gehad? Vragen waar voorlopig geen antwoord op komt.

Waarom begint Erna haar nu met vragen te bestoken? Wil ze de aandacht van zichzelf af hebben? Zou kunnen. Is niet erg. Vronie vertelt over de kinderen, over Thomas. Ze ziet hoe Erna geïnteresseerd kijkt als ze hoort dat Thomas slavist is. 'Mooi vak,' zegt ze. 'Alles met taal is de moeite waard. Jacob was taalkundige. Hij beschreef en vergeleek de grammatica's van kleine, bijzondere talen. Ik hoorde hem daar graag over vertellen, al was het heel theoretisch. Wat doet jouw echtgenoot precies?'

'Letterkunde, poëzie en zo. Maar daar komt nu de klad in.' Ze staat op het punt om over Thomas' toekomstplannen uit te gaan pakken maar weet zich op het laatste moment in te houden, omdat ze beseft dat de geheime dienst echt geheim moet blijven. De werknemers (agenten?) doen zich voor als saaie ambtenaren op het een of andere departement en niemand weet wat ze eigenlijk doen, zelfs hun goede vrienden, zelfs hun kinderen niet. Dus bazelt ze wat over de reorganisatie van de talenstudies aan de universiteit en kijkt ze hoe Erna de tuinhandschoenen aantrekt, opstaat en in haar laarzen stapt. Zonder verdere aankondiging loopt de oude vrouw naar buiten. Vronie weet niet wat ze moet doen – is het de bedoeling mee te gaan de tuin in? Heb ik iets verkeerds gezegd? Werd het praten over haar dode man haar te veel?

Ze staat op en ziet Erna door het raam met een grote schop naar een bloembed lopen, de rug wat gebogen. De schop wordt met een ferme trap de aarde in gedreven en met kracht weer opgetild. En nog een keer, en nog eens.

Vronie opent de deur op een kier en roept dat ze gaat, tot de volgende keer, zegt ze. Erna reageert niet en spit gestaag door. Is ze doof? Nee, ze lijkt boos, maar waarover dan? Een beetje onthutst sluit Vronie de deur. Dan doet ze snel haar jas aan en sluipt ze het huis uit.

8.

Ze trekt oude wortelklonten uit de grond, ze smijt ze op een hoop naast het bloembed. Ze woelt de aarde systematisch om met diepe verticale bewegingen van de spade. Ze ziet regenwormen omhoog kruipen, gelokt door de trillingen die zij veroorzaakt. De onderkant van de aarde is diepzwart. Ze werkt zo fanatiek en geconcentreerd dat ze doof is voor haar spieren. Pas als ze zich even opricht en stilstaat, haar pols op de handgreep van de schop, voelt ze het trekken in haar rug, een aanzet tot een blaar in haar handpalm, een zeurende pijn in het been waarmee ze de schop de grond in stampt. Je kan maar één pijn voelen, drie tegelijk gaat niet, ze wisselen elkaar af. Zou deze klus door de tuinman moeten laten doen, denkt ze. Idioot dat ik mezelf sta af te beulen hier. Had bovendien nog wel een maand mogen wachten. Geen haast, geen noodzaak om er zo fel in te gaan, geen reden om dit tempo aan te houden. Wil zeker bewijzen dat ik het nog kan. Is gewoon stom. Waarom ben ik ineens zo woedend? Die vrouw, hoe heet ze, Vronie, zo'n lieve, ouderwetse naam, bedoelt het goed. Heeft ook totaal geen kapsones. Heeft wel alles wat ik niet heb. Jeugd, de mogelijkheid om de steven te wenden. Al is het naar de thuiszorg. Kinderen, houd maar op. Een man die zich wijdt aan taal. Literatuur nog wel. Toe maar.

Ze ramt de schop met kracht door de keiharde, grijzig-vastgekoekte bodem. Haar gedachten lijken een echo van wat ze daarbeneden blootlegt. Ze houdt van de romantiek onder voorwaarden. Ze verafschuwt de veelheid, het zwelgen, de overdaad. Maar als de dichter die uitbeent blijft er een residu over van een eerlijk gevoel, simpel en toch ongrijpbaar. De trompetten van Trakl, de lente van Larkin – al kan je die nauwelijks tot de romantiek rekenen –, en ook, erken het maar, het Alexandrië van Kaváfis. Nee, denkt ze, het is maar zwarte aarde wat ik hier sta op te graven. Geen hersenspinsels graag. Zo'n aardkorst openbreken is wat het is. Geen enkele reden om binnen ook alle sluizen open te zetten. Ze laat de spade op de grond vallen, doet haar handschoenen uit en loopt langzaam naar de keukendeur.

De keukentafel is haar bureau, een klein maar toereikend domein. Ze legt het schrift waarin ze bezig is recht voor zich en leest terug wat ze tot nu toe geschreven heeft. Verandert hier en daar de woordvolgorde, streept eens een adjectief door of kiest een andere formulering. Op de achtergrond van haar denken blijft ze hangen aan het idee van grenzen en hoe daarmee om te gaan. De invasie van de thuiszorg, haar eigen intrusie in het rijk van de regenwormen, de landsgrenzen in de grotere wereld waar vluchtelingen desperaat samenklonteren met hun hele hebben en houden, hun baby's, hun vurige verwachtingen. De mensen die zich om díé problemen bekommeren doen pas echt wat, denkt ze. Hun handelen heeft betekenis. Pogingen om contact te leggen, een tolk zoeken, een arts alarmeren. De baby overnemen, de ouders begeleiden naar een verwarmde ruimte met stoelen, met een bed. Ik weet amper hoe het eruitziet, daar. Ik zit hier wat te spelen met woordjes, alsof dat er iets toe doet. Met een beetje geluk komen ze in een boek terecht dat jarenlang op een plank staat in de bibliotheek. Een wanhopige landverhuizer zal daar niets aan hebben. Als je iets wil doen, iets wil betekenen voor mensen die nood hebben aan zowat alles, dan moet je doen als Vronie en van deur tot deur gaan met verbandmiddelen, medicijnen en je zware sleutelbos. Ik heb een potlood en een schrift. Ik gedraag me alsof dat van belang is, maar het is een machtsmiddel van niets. Macht? Wil ik dan macht hebben? Nee. Het is iets anders. Wat dan? Ze trekt de puntenslijper naar zich toe en scherpt haar gereedschap.

In de middag heeft ze er genoeg van en doet ze de nieuwe wandelschoenen aan. De straat uit, naar het meestal verlaten park. Het is mistig en de kou bijt in haar wangen. De mensen op straat dragen mutsen en dassen, en in haar woonwijk elegante ski-jacks en dure wintermantels. Verderop, de wijk uit, wonen de minder draagkrachtigen die rondlopen in jassen die lijken op enorme slaapzakken. Doorlopen, de onderdoorgang in duiken waar het nog donkerder en grijzer is, waar haar voetstappen echoën tegen het beton. Op die muren is iemand tekeergegaan met een spuitbus en heeft er moeilijk leesbare teksten op gekalkt. 'Verraad!' leest ze, en iets wat misschien 'waar blijft ons geluk?' is. Halverwege de ondergrondse passage ligt een berg vuilnis, nee, lappen vol vieze vlekken, een schoen zonder zool, rafelige plastic zakken. Als ze dichterbij komt, schrikt ze: onder de vodden ligt een mens, een man. Ter hoogte van zijn hoofd – grijs, levenloos – staat ze stil. Is hij dood? Ziek? Bewusteloos? Ze hurkt neer om beter te zien en tuurt in zijn grauwe gezicht. Moet ik hem aanraken? Controleren of hij wel ademt? Of hij al koud is? Ze rilt. Iedereen is nu koud, hij zal toch wel slapen?

'Meneer, gaat het wel goed met u?' Geen reactie. Ze durft niet aan zijn wangen te voelen en duwt tegen de gore deken op de plaats waar ze zijn schouder vermoedt.

'Kunt u wakker worden?' Jezus, wat moet ik doen? Telefoon natuurlijk, 112 bellen. Ze komt overeind en grist het apparaat uit haar jaszak.

'Er ligt hier een man op de grond. Ik denk dat hij niet meer leeft,' zegt ze. Ze moet vertellen waar ze precies is en wat ze gedaan heeft om de man wakker te maken.

'Ambulance of politie?' vraagt de vrouw die ze aan de lijn heeft. Erna is even stil.

'Hallo! Bent u daar nog?'

O ja, ik moet antwoorden. 'Dat laat ik aan u over,' stamelt ze, 'ik weet dat niet.'

'Er komt iemand aan,' zegt de vrouw. 'Blijft u even wachten?'

Erna staat met haar rug tegen de besmeurde muur met de telefoon nog in haar hand geklemd. Ik doe het niet, ik smeer hem gewoon. Ze loopt naar het einde van de onderdoorgang en blijft daar staan. Eindelijk een hemel boven zich, lucht. In de verte hoort ze een sirene.

Er stappen twee politiemensen de gang in, een man en een vrouw. Ze praten op luide toon met elkaar, ze hebben zware schoenen aan en fluorescerende jassen. Ze schreeuwen tegen het lijk, geven klappen op zijn gezicht en trekken de vieze lappen opzij. De dode ontwaakt en gaat overeind zitten. Erna is al op weg, met spoed, naar het park. Misschien heb ik hem niet aangeraakt, denkt ze, misschien heb ik niets gezegd. Misschien ben ik al onzichtbaar.

9.

'Ik heb gesolliciteerd,' zegt Thomas. 'Dat moet je wel weten, want er komt een veiligheidsonderzoek.'

Vronie kijkt op. Zijn stem klinkt anders – kordater, opgewekter misschien. Ze legt haar boek weg en hijst zich op in haar stoel. 'Veiligheid? Wat houdt dat in?'

'Ze onderzoeken je. Of je chantabel bent. Ze kijken naar je bankrekeningen, denk ik. Of je schulden hebt. Contacten met politie, justitie. Of je aan de drank bent; drugsgebruik vroeger en nu. Dat soort dingen.'

'Hoe komen ze daarachter?'

Thomas schudt zijn hoofd en is even stil. 'Tja, heel precies weet ik dat niet. Die vrouw met wie ik een afspraak had was daar niet echt duidelijk over. Mogen ze zomaar achter mijn rug om bankgegevens inzien? Politierapporten? Medische informatie? Ze willen wel een paar mensen spreken die mij goed kennen, zei ze. Jou bijvoorbeeld.'

Vronie komt niet verder dan 'O'.

'Ik dacht aan Gregor,' zegt Thomas. 'Ik werk al tien jaar

met hem samen en we zijn ook vrienden. Hij weet wel hoeveel biertjes ik drink op vrijdagmiddag. Verder weet ik het niet, hoor. Misschien mijn broer?'

Hij is vastbesloten, denkt Vronie. Het zal een opluchting voor hem zijn, hij dóét iets, hij maakt zich onafhankelijk van dat faculteitsbestuur. Verandering. Hij was er bang voor maar nu is het lekker, leeft hij ervan op.

'Ze brengen je relaties in kaart,' gaat Thomas verder. 'Met wie je omgaat, of er verdachte contacten zijn. Of je een stiekeme verhouding hebt. De kwaliteit van je huwelijk.'

'En daar moet ík wat over zeggen?'

'Ze willen je in elk geval ondervragen, zei die vrouw. Om een indruk van je te krijgen.'

Gekker moet het niet worden, vindt Vronie. Als Thomas een geheime liefde zou hebben deed hij vast zijn best om dat voor mij verborgen te houden. Een goede geheim agent zou dat ook perfect kunnen. Lezen ze zijn telefoon uit? Het is een wereld waar zij geen weet van heeft, het is iets uit spionageboeken. Contraspionage, dubbelspionnen, daar heb ik nooit iets van begrepen, hoeveel detectives ik ook lees. Je moet bij zo'n boek alles in je hoofd twee keer omdraaien en dan ben ik al duizelig.

'Ik hoor je wel,' zegt ze, 'maar ik vind het raar. Ík solliciteer toch niet? Wat gebeurt er als ik er niets mee te maken wil hebben?'

'Dan is het afgelopen. Je moet een betrouwbaar thuisfront hebben. Een partner die kan zwijgen en die nooit met buitenstaanders over je werk praat. Dus ja, in zekere zin solliciteer jij ook. Tenzij je het echt totaal niet wil. Dan trek ik de sollicitatie in en ga ik iets anders zoeken. We moeten dit samen doen.'

Hij gaat zitten en leunt met zijn armen op zijn bovenbenen. Peinzend kijkt hij naar zijn vrouw.

Hij bakent een terrein af waar ik niet in mag. Is dat eigenlijk erg? Iedereen heeft toch wel eigen geheimen en gedachten? Mensen hebben ook papieren, dagboeken en brieven, waar niemand in mag kijken. Die je weg moet gooien als je gaat sterven. Maar nu leven we en grenst hij zijn werk af. Ook Jan en Mina mogen niet meer weten dan dat hun vader ambtenaar is op het ministerie van Binnenlandse Zaken en dat dat zo saai is als het klinkt. Toch zou een kind moeten kunnen zien dat de vader met plezier zijn werk doet. Als voorbeeld. Straks zit Thomas stiekem het land te redden en mogen zijn kinderen daar geen weet van hebben! Een verborgen held. Maak ik er nu een drama van? Er zijn wel meer beroepen met geheimhouding. Een rechter of een advocaat mag ook niet aan de eettafel uitweiden over de strafzaken waar hij mee bezig is. Of zij. Artsen en psychotherapeuten zwijgen over hun patiënten en bewaren de dossiers achter slot en grendel. Ik weet niet wat ik ervan vind. Hij zegt dat we het samen doen of helemaal niet. Maar samen betekent dat ik erbuiten sta. Wat moet ik daar nou mee? Vrijlaten natuurlijk. Het is zíjn beslissing. Op geen enkele manier heeft hij mij dwarsgezeten toen ik met dat idiote thuiszorgplan aan de gang ging. Hij zei niet dat ik veel te weinig geld binnen zou brengen, niet dat ik er totaal ongeschikt voor was, niet dat het me verschrikkelijk tegen zou vallen. Als je dat wil moet je het doen, dat zei hij.

'Als je het wil moet je het natuurlijk doen,' zegt Vronie nu. 'Laat maar komen, die ondervragers, ik sta ze wel te woord.'

Ze is vroeg klaar en besluit om een eind te gaan lopen. Knap je altijd van op. En je ziet nog eens wat. Overal molshopen bijvoorbeeld. Vorige week waren ze er nog niet, nu is elke grasvlakte bespikkeld met zwarte hopen aarde. Het zijn de jonge mollen die weggestuurd worden door hun ouders, weet ze. Er komen nieuwe mollenbaby's aan, dus de oude moeten zelf ergens een onderkomen uitgraven. Stel je voor dat je je kinderen op die manier het huis uit jaagt. Ondenkbaar. Toch zijn wij ook zoogdieren en zorgen we allang niet meer exclusief voor onze kinderen maar laten we ze eerst over aan de oppas, dan aan de docenten op school en ten slotte aan hun zelfgekozen vriendenkring.

In het park zijn op dit tijdstip weinig mensen. Er staan een paar mannen te vissen bij de grote vijver en op het grasveld rent een troep honden rond onder toezicht van de vrouw van de uitlaatservice. Andere kant op dan maar, zo'n vrolijk tegen je op springend beest, daar zit ik niet op te wachten. Ze slaat een donker paadje tussen de bomen in. Houtsnippers op de grond, lekker, beetje verend. De takken zijn nog kaal maar er zitten al iets verdikte knoppen aan. Geduld, nog even wachten.

Op een bankje langs het pad ziet ze iemand zitten, rechtop, vooruit starend. Lijkt op Erna, denkt ze. Ze blijft in haar eigen tempo doorlopen tot ze ziet dat het inderdaad Erna is. Erna met een vreemd, verstard gezicht. Vronie blijft staan en spreekt haar aan. Langzaam draait Erna haar hoofd Vronies kant op. Wat kijkt ze raar en wat is ze bleek – zou er iets gebeurd zijn, is ze gevallen, heeft ze pijn?

'Zal ik even bij u komen zitten?'

'Het lijkt me dat we elkaar nu wel kunnen tutoyeren,' zegt Erna deftig. 'Of stuit dat op bezwaren?'

'Helemaal niet. Is er iets voorgevallen – achternagezeten door een hond, aangevallen door een achtervolger?'

'Ik ben erg geschrokken.' Erna's stem klinkt al wat gewoner, minder formeel. 'Ik zag iemand op de grond liggen in het tunneltje. Een dode, dacht ik. Hij had zo'n vieze betonkleur en reageerde niet toen ik iets tegen hem zei. Maar daar schrok ik niet van, eigenlijk. Ik belde de hulpdiensten; toen de politie kwam schoot die man subiet wakker. Niets aan de hand. Dáár ben ik van geschrokken, dat hij mij helemaal niet heeft gehoord. Snap je dat?' Ze zit nog een beetje te trillen, Vronie ziet het aan haar handen. Ze zucht. Zou het om hulpeloosheid gaan, dat jonge, gezonde politieagenten moeiteloos iets voor elkaar krijgen wat haar niet meer lukt? Wie weet heeft ze gefluisterd terwijl ze dacht dat ze loeide. Of zit er iets anders achter, een of andere bedreigende fantasie? Erna die er als doorzichtige engel machteloos bij staat als de zwerver oprijst uit de dood? Ik heb te weinig ervaring, ik weet er niets van. Ze zit er sneu bij, zielig.

'Het is een truc van die politiemensen, een kunstje. Ik heb het geleerd in de stage, onlangs. Je moet iets te hard en te snel praten, met een opgewekte toon, alsof er haast bij is. Vlak bij z'n oor. Zo maken wij cliënten wakker als ze liggen te dutten en niet in de gaten hebben dat wij al binnen zijn. Kletteren met de beddenpan kan ook, maar dat is minder vriendelijk. Doordringend geluid, het hoeft niet eens hard te zijn. Ik heb er echt aan moeten wennen, je instinct is toch om zachtjes en voorzichtig contact te zoeken. Maar het werkt altijd, net als bij die politieagenten.'

Erna knikt, ze herkent vast de beschrijving van de politiestemmen. Dat zal haar geruststellen.

'Zullen we wat verder lopen, gaat dat nu?'

De oude vrouw komt overeind. 'Zeker,' zegt ze, 'graag. Loop je met me mee?'

Samen gaan ze het bospad af, eerst schuifelend maar al snel in een prettig wandeltempo. Vronie luistert naar Erna's ademhaling. Regelmatig en rustig. Er komt weer wat kleur op de wangen. Goed zo.

10.

De ouder wordende mens wordt mild, minder ambitieus en meer geneigd tot rust. Zo staat het in de psychologieboeken en tijdschriften. Erna vindt dat een laaghartige leugen, zij wordt met de jaren juist toenemend razend. De woede die zij vroeger kwijt kon in allerlei actie blijft nu als een dreigende vuurbal in haar borstkas hangen. Beetje rare beeldspraak, maar wel duidelijk. Ze maakt zich kwaad als ze de krant leest, slaat halverwege een artikel met kracht de pagina om, bromt afkeurend commentaar voor zich heen. Het is erger geworden sinds de dood van Jacob. Er zitten vaak scheuren in de krant als ze hem uit heeft en ze vindt het jammer dat ze geen kat heeft die erop zou kunnen pissen. In een lege kamer zitten fulmineren voelt belachelijk; in de auto is het beter. Daar gaat ze tekeer tegen automobilisten die haar snijden, aan haar bumper kleven, zigzaggend met een noodvaart van de ene rijbaan naar de andere jagen. Ze noemt ze hufters en klootzakken, luidkeels. Vrijwel altijd zijn het mannen. Maar ook vrouwen kunnen het van haar krijgen, die worden uitgescholden voor bange trut of graftak als ze niet linksaf durven slaan. Wonderlijk, ze is zelf meestal ouder dan de beschimpte dames, maar dat besef is ver weg als ze achter het stuur zit. De auto is een veilige ruimte, besloten tussen glas en staal en toch uitzicht biedend op de buitenwereld. Wat ze in dat hok uitkraamt is háár zaak, ze valt er niemand mee lastig en het lucht haar op. Dus nee, milder is zij niet geworden.

Hoe deed ze dat toch vroeger, toen waren er net zo goed volop ergernissen. Alleen die vreselijke studie al! Eigen schuld natuurlijk, ze wilde iets met taal, vond Nederlands helemaal niets en kon tussen de andere talen niet kiezen. Het werd literatuurwetenschap, een lijdensweg langs open deuren, geplaveid met ontzaglijke saaiheid. Het enige voordeel was dat ze ongebreideld romans kon lezen met het idee dat ze werkte. Dat was heerlijk. Altijd een boek in haar tas en altijd een plan voor een volgend project. Ze ontmoette Jacob bij die studie. Hij vond het ook nietszeggend, zonde van zijn tijd en stapte over naar taalkunde, wat hem veel beter beviel. Zij bleef hangen. Bozig en toch ook hopend dat het na het volgende tentamen leuk zou worden. Dat bleek niet zo te zijn. Naast de leesverslaving, want zo kon je het eigenlijk wel noemen, begon ze in het geheim te schrijven. Ze liet niemand, zelfs Jacob niet, iets lezen. Werkstuk, zei ze als hij vroeg wat ze de hele tijd aan het tikken was. Pas toen een literair tijdschrift een verhaal van haar publiceerde kon ze er niet meer omheen en gaf ze haar geheim prijs. Jacob was niet verbaasd en zelfs een beetje trots. Misschien merkte hij dat het haar goeddeed en dat ze opgewekter werd. Minder ontevreden. Ze had de plaats gevonden waar ze zich thuis voelde. Verzinnen, formuleren, indelen – het was haar domein en zo bleef het.

Waar ze nu aan werkt is haar een raadsel. Ze heeft altijd geschreven vanuit intense belangstelling en nieuwsgierigheid. Als een thema, een conflict of een persoon je bezig blijft houden, als je je daarbij niet verveelt, dan is het de moeite waard om aan een boek te beginnen. Het probleem nu is, als ze eerlijk bij zichzelf te rade gaat, dat het enige onderwerp waar ze constant aan denkt te maken heeft met de ouderdom. Haar generatiegenoten vallen om, de een na de ander. Er zijn weken dat ze zich van crematie naar begrafenis haast. Vrienden en vriendinnen vegeteren in een verpleeghuis of zitten thuis in de sta-opstoel te wachten op de wijkzuster. Erna vindt de bezoekjes moeilijk en ziet er steeds weer tegen op. Ze doet het wel en neemt waar dat de buitenwereld allengs fragmentarischer tot haar zieke vrienden doordringt. Het gebrek aan prikkels en daardoor aan interesse is beklemmend. Haar beste vriend Hendrik, nog uit haar studietijd, ligt verlamd door ALS in een ziekenhuisbed in zijn voormalige werkkamer. Er is een bezoekschema. De meeste vrienden lezen hem voor uit de krant of uit romans die hem vroeger zouden boeien. Hij kan nauwelijks spreken, voorlezen is dan niet zo gek. Erna wil het niet, ze heeft altijd gesprekken met hem gevoerd en daar gaat ze mee door. Ze is de enige die hem goed verstaat. Maar waar praat je over met iemand die op een vrij gruwelijke dood ligt te wachten? Over vroeger, over wat ze samen deden, waar ze warm voor liepen, over oude vrienden. Het knaagt aan haar, ze zouden het eigenlijk moeten hebben over de nabije toekomst, denkt ze. Euthanasie? Wanneer dan? Ze durft het niet. Terug naar huis wandelend onderzoekt ze haar eigen aandeel in die terughoudendheid en komt knarsetandend tot de conclusie dat ze even oud is als haar zieke vriend. De anderen krijgen kanker en parkinson, zij niet. Het besef dat ook zij elk moment getroffen kan worden door een hersenbloeding of hartstilstand laat ze niet toe. Een verklaring in haar dossier laten zetten bij de huisarts, niet reanimeren op z'n minst, dat zou ze moeten doen. Het komt er niet van. Laat staan het zorgen voor een voortijdig einde als ze dement zou worden. Zo'n afspraak moet je elk jaar weer vernieuwen en bevestigen, het idee alleen al is weerzinwekkend. De deur platlopen bij de huisartsenpost is echt niets voor haar. Ze heeft nooit iets en als er iets zou zijn gaat het vanzelf weer over.

Zuchtend opent ze haar voordeur. Ik wil er niet over denken, weet ze, daarom moet ik erover schrijven. Ga gewoon zitten, de ziekte overkomt het personage en niet de auteur. Beschrijf het zo goed als je kan en kijk ernaar. De woorden zullen de afstand scheppen die je nodig hebt. Ik kan het niet en ik ben laf. Het schrijven is een pretentieuze dekmantel voor een gebrek aan moed.

11.

Als Thomas tussen de middag even naar huis komt, treft hij Vronie lezend aan.

'Wat doe jij nou? Moet je niet werken?'

Vronie kijkt op, ze zit met haar benen op de bank en houdt het boek tegen haar knieën.

'Avonddienst. Jij zou koken, toch?'

Thomas knikt. 'Wat lees je?'

Vronie laat het boek zien en Thomas kijkt haar verbaasd aan. 'Erna Anker! Haar eerste boek. Ben je nieuwsgierig geworden? Je krijgt geen antwoorden, hoor. Schrijvers liegen altijd. Het is een stokoud boek, ze was toen nog geen dertig. Wat vind je ervan?'

Vronie gaat rechtop zitten en zet haar voeten op de vloer. Jezus, wat vind ik ervan? Geen idee, hoe moet je over een boek oordelen? Als ze leest heeft ze het beeld van de schrijfster voor zich zoals ze nu is: een moeilijk te duiden oude vrouw met wie ze in een eigenaardige relatie is verzeild geraakt. Vertelt dit boek haar nu iets over hoe die vrouw een halve eeuw geleden dacht? Op de achterkant staat een foto van een mooie jonge vrouw met donker haar en peinzende ogen. De vorm van neus en wenkbrauwen herkent ze, maar de uitstraling is volstrekt anders. Toen: rustig en met zelfvertrouwen. Nu: opgejaagd en snel uit haar doen. Waarom zit Thomas me nu zo te overhoren, ik weet toch niets van literatuur, en wat kan het hem schelen?

'Jij kent die man toch, van je studie? Hebben ze eigenlijk kinderen? Zij heeft daar nog niets over gezegd tegen mij.'

Thomas schudt zijn hoofd. 'Nee, ik geloof niet dat zij kinderen hebben. Weet het niet zeker, maar ik denk dat hij er wel iets over gezegd zou hebben, Jacob bedoel ik. We hebben een tijd veel met elkaar opgetrokken. Ik bleef wel de student natuurlijk, en hij de hoogleraar. Dan kan je niet zomaar alles vragen.'

'In het boek gaat het over een gezin met een leuke moeder en drie kinderen. Vind ik knap, dat iemand die zelf geen gezin heeft dat zo kan opschrijven. Er komt ook een nare oude vrouw in voor die zich zit op te doffen voor een date met haar ex, ze gaat naar de kapper. Ze is wel zeventig! En jij zegt dat Erna toen dertig was. Ik vind het een levensechte beschrijving, hoor, van dat oude mens. Hoe kan je schrijven over iets wat je nooit hebt meegemaakt?'

'Dat heet inlevingsvermogen,' zegt Thomas droog. 'Goede schrijvers hebben dat. Het is lang geleden dat ik dat boek heb gelezen. Ik vond het wel mooi, geloof ik.'

Hij houdt zich op de vlakte, denkt ze. Hij doet of hij met dat echtpaar niets te maken heeft, maar dat is niet waar.

'Hoe ben je eigenlijk met hem in contact gekomen? Kwam je wel eens bij ze thuis? Hoe was zij, vroeger?'

Thomas blaast met getuite lippen een hele stoot lucht naar buiten. 'Heb haar natuurlijk wel eens gezien, mooie vrouw, al was ze toen al een jaar of vijftig. Niet vaak, ze had altijd lezingen en zo. Veel naar het buitenland ook, festivals en optredens. Ik kan me niet herinneren dat we met z'n drieën aan de keukentafel hebben zitten discussiëren, als je dat bedoelt. Lang geleden, hoor.'

Wat doet hij stug. Misschien vindt hij het moeilijk om terug te kijken op zijn studietijd, toen hij studeerde voor iets wat nu waardeloos wordt gevonden. Hij deed het toch met plezier? Maar die man ging dood natuurlijk, dat zal het zijn. Of er zit hem iets anders dwars.

'Heb je bij hem gestudeerd, was hij een leuke docent? Of wil je het er niet over hebben?'

Nou, nou, al die voorzichtige vragen. Ik informeer toch gewoon naar de achtergrond van iemand die ik net heb leren kennen. En die hij al eeuwen kent. Van wie ik een boek zit te lezen. Wat is het probleem?

'Professor Ankersmit gaf geen les binnen de slavistiek. Hij was bezig met Kaukasische talen. In die bergen is het een walhalla voor linguïsten, in elke vallei spreken ze een volstrekt andere taal. Geen enkel verband tussen al die talen. Er zijn een paar grote bij – Tsjetsjeens, Georgisch – maar de kleintjes zijn het interessantst. Hij ging erheen met een bandrecorder en nam verhalen en liedjes op van heel oude mensen zonder tanden, de laatste sprekers van zo'n taal. Hij zei dat hij de ene necrologie na de andere schreef. Hij had haast, de talen stierven.'

'Maar hoe leerde jij hem dan kennen?' Niet opgeven, denkt ze, ik wil het gewoon weten. Erna had een man. Wie was dat?

Nieuwsgierigheid is een deugd, heb ik ergens gelezen.

'Ik ging het als bijvak doen, die zeldzame talen. Er waren er meer die dat deden, het gerucht ging dat die colleges zo goed waren. Was ook zo, je werd er meteen enthousiast van.'

'En toen, hoe ging het verder?'

'Hij vroeg me mee voor een expeditie. Samen naar de Kaukasus. Ik was handig met de techniek. Kort hoor, de voorbereiding voor een onderzoek, ik was hooguit een week of twee weg. Hij bleef langer.'

Trekken aan het bekende dode paard. Doorzetten. 'Was het niet vreemd dat hij jou uitkoos, hij had toch ook hoofdvakstudenten?'

Thomas knikt. 'Ja, zeker. Nou ja, ik was wel enthousiast en ik had tijd. Het bleek een goede samenwerking. Hij vond dat ik na mijn kandidaatsexamen Russisch moest afstuderen in de linguïstiek. Als ik een beetje zou voortmaken kon ik dan dat grote onderzoek met hem gaan doen. Een paar maanden daar in die bergen zitten. Het was handig dat ik goed Russisch sprak, dat is daar de voertaal bij officiële instanties.'

Dat is fijn voor hem geweest, denkt Vronie. Een oudere man die waardering voor hem had en hem graag bij zich wilde hebben. Een goede vader. Zo anders dan de vader waar hij mee zat opgescheept, de vader die hem een verwijfde slappeling vond met z'n belangstelling voor taal, die laatdunkend sprak over slavistiek en het bij elke gelegenheid had over rechten als enige studierichting die zicht op een behoorlijke toekomst bood. Dat Thomas zich door die Ankersmit liet verleiden om naar zo'n griezelig gebied te reizen, dat hij zich geaccepteerd, gevleid voelde en zijn afstudeerrichting veranderde om die man ter wille te zijn snap ik wel. Dat Ankersmit daarna ineens doodging moet voor Thomas iets enorms, iets gruwelijks zijn geweest. Heb ik nooit beseft. We hebben het er zeker over gehad, maar feitelijk. Wat hij erover voelde kwam niet aan de orde. Een lieve vader!

Ritmisch gebonk stijgt op uit de kelder. Dat is Jan, die agressieve muziek speelt op zijn drumstel. Vronie denkt aan de buren, en aan hoe het kan dat hij nu al klaar is met zijn huiswerk. Ze legt haar boek weg en maakt aanstalten om op te staan.

'Laat hem toch,' zegt Thomas. 'Het is fijn dat hij iets doet waar hij lol in heeft. De buren zijn niet thuis, zo midden op de dag.'

'Ik vind het akelige muziek. En hij moet rekening leren houden met anderen.'

Ze trekt haar benen weer op de bank. Ze luisteren een tijdje naar de woedende mokerslagen. Misschien ligt het anders, denkt ze ineens, misschien vereenzelvigde Thomas zich juist met die milde vader en was Ankersmit een lichtend voorbeeld, dat ineens is weggevallen maar toch bleef hangen. Hij heeft echte belangstelling voor wat Jan bezighoudt, vraagt ernaar, steunt hem erin. Heb nooit iets gemerkt van dwang of sturing in een bepaalde richting. Nou ja, we willen het allemaal anders doen dan onze eigen ouders maar moeten uiteindelijk vaak concluderen dat dat niet is gelukt. Niet zo mismoedig, het lijkt Thomas wel degelijk te lukken. Toch? Ja. Evengoed weet ik nog niets over hoe die ideale professor-vader aan zijn eind is gekomen. Misschien zal ik het Erna eens kunnen vragen. Heel voorzichtig.

12.

Ik had niet moeten gaan vanmiddag, denkt Erna als ze over de snelweg terug naar huis scheurt. Het is een aardig idee, zo'n bezoek aan haar oude studiestad waar ze een paar uur aan tafel zit om onder leiding van een enthousiaste oude-talen-specialiste langzaam passages uit het werk van Herodotus te vertalen. Oude tot zeer oude mensen, in dat groepje. Met een enkeling was ze vroeger goed bevriend, anderen kent ze van een afstand. Ze vindt het leuk om de vertalingen voor te bereiden, al ergert ze zich wild aan haar gebrekkige geheugen. Keer op keer dezelfde woorden opzoeken, nooit zonder woordenboek kunnen. Maar wel plezier hebben in de zinsbouw en de woordherhalingen. Dat had ze vroeger op school nooit. De wreedheid van de beschreven gebeurtenissen stoort haar bovenmate, met terugwerkende kracht vindt ze het schandalig dat kinderen, waaronder zijzelf, van vijftien, zestien jaar daaraan werden blootgesteld. Enorme aantallen gewurgde vrouwen en slaven om één gestorven vorst te eren; een moeder die trots is op de gewelddadige dood van haar zoons vanwege de eer die daarmee gepaard gaat. Niet invoelbaar, denkt ze nu in de beslotenheid van haar auto. En weerzinwekkend.

Toen ze met de leesclub begonnen waren ze met z'n tienen. Zij werd erbij gehaald door een dierbare vriend die wist dat ze graag haar Grieks wilde ophalen. Inmiddels was de vriend gestorven, twee andere deelnemers ook. Iemand was afgehaakt vanwege dementie, een ander kreeg parkinson. Ze waren nog met vijf mensen over. Hoe zou dat voor de docente zijn, zo'n slinkend gezelschap? Waarschijnlijk spiegelde die toestand de situatie waarin het onderwijs in het Grieks verkeerde. Geen goed woord had de lerares daarvoor over, de kinderen leerden niets meer behalve wat historische en mythologische wetenswaardigheden. Zelfstandig lezen van een pagina Homerus of Herodotus was ondenkbaar, dat kon niemand meer. Toch stemt het wel vrolijk om met zo'n verdwijnend cultuurverschijnsel bezig te zijn, vindt ze. Het voelt niet als zinloos. Wat ze zelf tegen heug en meug elke ochtend zit op te schrijven daarentegen wel. Er is maar één Herodotus. Wij, alle andere schrijvers, doen er goed aan te weten dat we vergeten zijn zodra we sterven. Eerder al, zodra we uit de top 60 zijn verdwenen. Je doet het niet voor later, je doet het voor het moment. Een eigenaardig soort werkverschaffing die soms tevredenheid oproept omdat je iets in woorden hebt kunnen vangen en soms mismoedig maakt omdat het niet lukt. De literatuur is een optocht. Eerst loop je in de voorhoede maar allengs raak je achterop omdat er steeds jonge schrijvers naar voren dringen met nieuwe onderwerpen en nieuwe vormen. Jij blijft aan de gang met je verouderde gereedschap.

Jacob zag haar schrijven als een neutrale dagbesteding, nuttig, vaak bevredigend, niet uitnodigend tot diepgaande bespreking. Als ze uit haar schrijfkamer kwam, hoefde ze niets te vertellen maar kon ze zó een schort voorbinden en een omelet gaan bakken. Ik ben zelf de enige die een verbinding met de tekst onderhoudt, denkt ze. Als ik die verwaarloos verdampt de hele boel. Zo is het. Van auteurs die zich als schrijver profileren, die het schrijverschap aantrekken als een toneelkostuum, heeft ze nooit iets moeten hebben. Ze begrijpt het gewoon niet. Ja, als je componist bent, met een moeilijke taal die vrijwel niemand verstaat; of musicus, met de plicht om elke dag urenlang op je instrument te oefenen – dan heb je misschien recht op speciale aandacht. Maar schrijven? Iedereen heeft taal, je hoeft er niet voor te studeren, een paar tips van een redacteur zijn voldoende en degene die obsessief leest heeft zelfs die niet nodig omdat hij ze zelf wel ontdekt. Bewondering voor schrijvers blijft iets eigenaardigs houden, iets verdachts, iets onechts. Nou ja, mijn houdbaarheidsdatum is voorbij, mij slaan ze over bij de prijsuitdeling, dus wat let me om te doen wat ik wil? Ik hoef geen bewondering, ik wil een aangename dagbesteding. Ik wil uitstel van het einde.

Thuisgekomen kijkt ze op haar telefoon en vindt ze een berichtje van Vronie. Die heeft de hele week late dienst en stelt voor bij dat restaurant in het park te gaan lunchen, ze liepen er laatst langs, het zag er zo aardig uit. Bovendien wil ze Erna iets vragen.

Veel te lang bericht. Houd het kort! Wat kan mij dat dienstrooster schelen? En als je iets wil vragen moet je het doen, aankondigen hoeft niet. Ze legt haar vijfenzestig jaar oude Herodotustekst bij de woordenboeken en vertalingen achter op haar schrijftafel. Orde. Het schrift waarin ze zelf bezig is bekijkt ze niet eens. Ze is moe, maar niet moe genoeg om te gaan slapen. Het lampje op haar bureau is aan en de rest van de kamer is donker. Met haar benen gestrekt hangt ze in haar stoel. Geen tv, geen muziek, geen krant. Hoelang nog, hoeveel jaren? Kan ik blijven lopen? Waarom doe ik zo flink? Als Jacob was blijven leven had hij vast tal van oudemannenkwalen ontwikkeld, dan had het zin gehad dat ik gezond bleef, of deed alsof. Wie moet ik nu voor de gek houden? Voor wie moet ik zorgen zodat er voor mij niet gezorgd hoeft te worden? Over een jaar of tien is alles voorbij. Dat is te overzien. Dat is precies hoeveel vingers ik heb. Dat is snel.

Iets te eten maken. Vronie een antwoordje sturen. De lichten aandoen.

13.

Ze spreken niet meer over de sollicitatie. Vronie heeft een onderhoud gehad met een ambtenaar van personeelszaken, een oudere vrouw in een grijs mantelpak die haar afstandelijk maar aardig ondervroeg over Thomas. Vronie heeft een gelijkmatig beeld geschetst van hun relatie, van hun gezin. Gevraagd naar schulden, verslavingen en buitenechtelijke toestanden kon ze alleen maar nee schudden. Wat een doodsaai leven, dacht ze terwijl ze aan het praten was. Hoe het met de kinderen ging, wilde de vrouw weten, en hoe het precies zat met haar recente baanwisseling. Ik heb niets te vertellen, dacht Vronie, het is allemaal niet erg opmerkelijk. Voortgang met soms een kleine tegenslag, een stoepje dat je op moet, een episode met slecht weer. In principe: rechtdoor in een rustig tempo.

Misschien wordt Thomas daar gek van, denkt ze halverwege het gesprek. Gaat hij vurig verlangen naar aantrekkelijke Russische hoeren of wil hij zijn hersens breken met spannende dubbelspionagescenario's. Een pistool in zijn broekband stoppen. Over natgeregende straten lopen in Moskou, in het donker, met nauwelijks bedwongen doodsangst in zijn lijf.

Ze haalt haar schouders op. 'Ik kan u niet veel vertellen,' zegt ze. 'Behalve de recente teleurstelling bij ons allebei, op werkgebied, is er nooit iets rampzaligs voorgevallen. Zijn vader is gestorven, maar die was al tachtig. En zijn moeder is dement. Verpleeghuis. Hij heeft een oudere broer, die is raadsheer bij het hof. Ze verdelen de zorg voor hun moeder, bezoekjes, financiën, dingetjes die geregeld moeten worden. Maar ik geloof dat u hem nog spreekt?'

De vrouw geeft geen antwoord, ze tuurt op haar vragenlijstje. Tja, denkt Vronie, wat nu? Wil ze nog meer weten? Ze zal toch niet ook míjn familiegeschiedenis gaan uitpluizen? Niet dat er op dat front iets te verbergen is, maar het voelt ongemakkelijk en indiscreet. Keurig lerarenechtpaar, drie kinderen, allemaal zogenaamd goed terechtgekomen behalve misschien zijzelf, die niet naar de universiteit wilde maar zo snel mogelijk het echte leven in. Geld verdienen. Ongemerkt word je dan boekhouder, na jarenlang zeulen met theaterrekwisieten, uitgaven en inkomsten administreren, relaties onderhouden met de drummer van de band, met de regisseur van het toneelgezelschapje, met de klavecinist van het orkest. En dan Thomas tegenkomen, gewoon op een doordeweekse dag in de botanische tuin. Hij zat op een bankje in een enorme stapel papieren te bladeren. De wind stak op, de papieren vlogen als verwarde meeuwen door de lucht, landden in het water, op het gras, voor Vronies voeten. Samen renden ze de verdwaalde documenten achterna, roepend en lachend. Zo ging dat. Heeft de inlichtingendienst niets mee te maken. Zou ze gaan vragen waarom ze zo laat getrouwd zijn? Welnee, zo laat was dat helemaal niet, ze was nog geen dertig en Thomas vijf jaar ouder. Ophoepelen, weg, ik heb hier geen zin meer in. Ze wil vast iets weten over vorige relaties, overgebleven vijandschappen, kwetsbaarheden. Nee, nu gaat het over geld. Vronie probeert bij de les te blijven. Ze antwoordt braaf op vragen over bestedingen die wellicht de inkomsten te boven gaan. Dure auto's, grote zeiljachten, wereldreizen? Daar zijn ze snel mee klaar en de vrouw staat op. Tas inpakken, jas aan, deur uit. Dank u wel voor uw tijd, voor eventuele aanvullingen op ons gesprek kunt u mij bereiken op dit nummer, goedemiddag.

Ze heeft Thomas summier verteld over het verhoor. Hij haalde zijn schouders op. Het lijkt of hij een rotsvast vertrouwen heeft in de goede afloop van zijn sollicitatie. Intussen gaat hij nog regelmatig naar de universiteit, waar hij met prettige distantie gadeslaat hoe zijn collega's zich in alle bochten wringen om nog een rudiment van hun studievakken overeind te houden. Thuis maakt hij een opgeluchte indruk. Vronie weet eigenlijk niet wat ze ermee aan moet. Ze heeft het gevoel dat hij zich gaat terugtrekken op een gevaarlijk gebied, een terrein waar zijn gezin geen toegang toe zal krijgen. Hij zal zwijgen en liegen, dat hoort erbij. Dat is niet tegen ons gericht, het is een voorwaarde om dat werk te doen. Komt het hem goed uit, is het prettig voor hem? Misschien – maar wat is daar mis mee? Iedereen heeft geheimen en dit zijn afgedwongen staatsgeheimen, niet eens privé. Nou dan.

'Gaan we op het terras zitten of vind je dat te koud?' Erna staat voor het restaurant op haar te wachten. Ze wil ook wel buiten zitten, zegt ze, het waait niet, de zon schijnt, wandelweer. Vronie zit liever. Kroketten en een glas wijn, de avonddienst is nog ver weg, het kan best. Ze wil Erna vertellen over het verhoor door de geheime-dienstvrouw maar houdt zichzelf net op tijd tegen. Zo zal dat dus voortaan gaan. De geheimen duiken op in vriendschappen, als storende molshopen op een grasveld. Wen er maar aan, denkt ze. Ander onderwerp.

Erna zit tevreden met haar gezicht in de zon en de benen voor zich uitgestrekt.

'Thomas, mijn man, zei dat hij bij jouw man heeft gestudeerd en dat ze samen op expeditie naar de Kaukasus zijn geweest, lang geleden. Heb jij hem wel eens ontmoet in die tijd? Ik kende hem toen nog helemaal niet.' Erna kijkt haar verrast aan, maar begint dan toch te praten. 'Avontuurlijke onderzoeken, daar hield Jacob van. Ik heb niet zo'n duidelijk beeld van de studenten die meereisden. Hij vond het wel erg leuk dat er toch steeds jonge mensen geïnteresseerd raakten in die rare talen. Ik kan me ook verhalen herinneren over hoe zo'n expeditie verliep. Hotels had je niet in die bergdorpen, ze sliepen in hutten of varkensstallen bij hun informanten thuis. Of in de huiskamer. Ze kregen de raarste dingen te drinken, zelfgestookte aardappelbrandewijn, je reinste foezel. Een wonder dat hij dáár niet aan gestorven is, hij dronk altijd mee. De assistent moest dan zorgen dat de bandrecorder aanstond, zo'n enorm apparaat weet je wel, met twee spoelen. Die oude geitenboer moest liederen zingen in z'n uitstervende taal en de volgende dag luisterden ze dat af en probeerden het op te schrijven.'

'Hij is niet aan de drank gestorven, zei je. Werd hij ziek?'

Ze ziet Erna verstrakken. O jee, ik heb weer iets ongepasts gezegd. Moet echt leren mijn mond te houden. Zeker nu. 'Sorry, ik ben te nieuwsgierig, misschien wil je er niet over praten.'

'Een verkeersongeluk,' zegt Erna. 'Het is dertig jaar geleden. Lang geleden. Hij botste met een noodvaart tegen een betonnen muur, ergens aan de kust. Het was nacht. De politie heeft tal van onderzoeken gedaan maar de toedracht is nooit opgehelderd. Jacob had niet noemenswaard gedronken, de auto was in orde, hij kwam van een rustige avond bij een studentendispuut waar hij over z'n werk had verteld. Het enige vreemde was zijn route, hij reed over de boulevard, hij was omgereden door die badplaats. Niet rechtstreeks naar huis, bedoel ik. Er kwamen twee politieagenten bij mij thuis, midden in de nacht. Ze deden hun pet af toen ze het vertelden.'

Misschien had hij een epileptisch insult gehad, denkt Vronie, of een plotselinge bloeddrukdaling. Uitgeweken voor een hond, een hert? Soms doen mensen het expres, uit wanhoop of zomaar, ineens. Een zwiep geven aan het stuur en je bent overal vanaf. Iets maakt zich meester van je gedachten en handelingen, je weet dan met je bewuste denken niet meer wat je doet maar de impuls komt toch uit jezelf, ergens in de diepte verlang je naar vernietiging.

De ober komt op met bedauwde wijnglazen en grote witte servetten.

14.

Door Vronies impertinente vraag is Erna van haar stuk gebracht en dertig jaar terug in de tijd geworpen. Het gebeurde dringt zich aan haar op met de scherpte van toen. Ik was vijftig en ik verloor mijn man. Ik begreep het niet. Wat ik voelde kon helemaal niet. Ik was opgelucht. Waarom? Omdat ik me niet meer hoefde af te vragen wat er met hem aan de hand was, of hij genoeg had van mij, mijn boeken en successen, of hij een depressie had, of hij heimelijk verliefd was op zijn assistent, of hij naar die uithoeken van de wereld reisde omdat hij er niet meer tegen kon om thuis te zijn. Hoefde allemaal niet meer. Dat ging er door me heen en daarmee bewees ik dat ik een volstrekt ondeugdelijke echtgenote was. Zittend tegenover die politieagenten dacht ik dat alles nu makkelijker zou worden. Ik dacht dat stiekem en liet er niets van merken. Er kwam genoeg narigheid die ik voor de opluchting kon schuiven: de identificatie, de begrafenis, de beslissingen over zijn papieren, zijn kleren.

Later verdween dat gevoel van opluchting natuurlijk en

maakte het plaats voor gemis. Ze miste wat ze samen hadden ontwikkeld aan grapjes, toespelingen en opinies; hoe hij haar activiteiten respecteerde, nooit jaloers was maar eerder trots. Het gemis was eerst verbonden met de dagelijkse dingen maar bleek na verloop van tijd veel uitgebreider te zijn. Ze ging dingen missen die er helemaal niet waren geweest en er groeide in haar een groot verdriet over het ongeleefde leven met Jacob. Het samen oud worden natuurlijk, hoe akelig dat ook zou kunnen zijn. Met z'n tweeën zou je er ook om kunnen lachen, soms. Maar het missen was groter, wijder, onbegrijpelijker. Het ging meer over het verleden dan over een toekomst die niet zou komen.

Ze miste Jacob als jonge vader van hun kinderen. Dat was het. Ze schrok van de gedachte. Er waren helemaal geen kinderen en ze hadden met elkaar afgesproken dat dat goed was. Zonder er echt over te praten. Het zag ernaar uit dat hij z'n vaderlijke gevoelens, als die er al waren, kwijt kon bij zijn studenten. Dat was voor hem voldoende. Zij was opgegaan in haar bezigheden als auteur. Een schrijfster kan geen moeder zijn, dat sprak indertijd vanzelf. Het hielp haar om door die laatste vruchtbare jaren heen te komen. Ik moet iets anders doen, dacht ze als ze geconfronteerd werd met de kinderen van vrienden, ik produceer iets op een ander gebied. Je moet kiezen, het kan niet allebei. Ik heb gekozen en draag de consequenties. Of ís er voor mij gekozen? Om een literair of muzikaal oeuvre te maken moet je het moederschap afzweren. Virginia Woolf. Marguerite Yourcenar. Toch? Zo dacht iedereen in die jaren, zij ook. Het was een soort troost. Ook een verplichting, want dat oeuvre moest er natuurlijk wel komen. Christus, wat een werk, ze schreef en schreef.

Rouw en verdriet werden hanteerbaar, dagelijkse kost die ze aanvaardde en die haar werk allengs niet meer in de weg stond. Tot haar verbazing kwam het gevoel van opluchting, bevrijding haast, weer bovendrijven. Hoef ik me niet meer anders voor te doen dan ik eigenlijk ben? Glijdt de tweeslachtigheid van me af? Ik weet het niet, ik weet het niet. Er kwam een tijd dat ze te veel dronk. Na een paar glazen durfde ze dieper na te denken en kwam ze tot een onthutsende conclusie. Ze was met Jacob verbonden in een onuitgesproken overeenkomst. Ja. Zo was het. Haar zwangerschap had hem panisch gemaakt. Hij sliep niet meer en als hij al in slaap viel werd hij zwetend en hijgend wakker. Het werd haar duidelijk dat hij nooit een vader zou kunnen zijn. Hij ging in therapie, probeerde dat althans, maar werd daar zo angstig van dat hij er snel mee ophield. Zijn angst had haar aangestoken en zorgde ervoor dat haar initiële vreugde over haar toestand – die haast biologisch, dierlijk aanvoelde – verdween. Ze zag dat als een tekortkoming, ze kon niet eens probleemloos een vrouwtjesdier zijn zoals alle zwangere vrouwen die ze ineens overal zag. Uiteindelijk leken Jacob en zij elkaar te vinden in hun onvermogen. Er was een stiekeme, goed verborgen opluchting toen ze na drie maanden een miskraam kreeg. Met complicaties. De gynaecoloog vertelde haar bedroefd en troostend dat kinderen krijgen er niet meer in zat, heel verdrietig, hij had het graag anders gezien en het zou niet gek zijn als ze nu geruime tijd somberheidsklachten zou hebben. Na het gesprek stond hij op en kwam achter zijn bureau vandaan. Hij leidde haar naar de deur en legde zijn arm over haar schouders. Heel spijtig, heel akelig, u bent altijd welkom als u er nog eens over wil praten.

Buiten liep ze verdoofd rond. Haar plan – een spiraal laten zetten zodat dit, dit vreemde, dit bedreigende, zich nooit meer kon voordoen – was niet meer nodig. De verdrietige dokter had haar gered, bevrijd. Met Jacob hoefde ze geen oorlog meer te voeren om een gezinsleven. Ze kon een ander spoor kiezen, naar een schrijversbestaan. Ze voelde niets, nog niets. Ze liep en liep tot ze van uitputting niet meer kon en koers zette naar haar voordeur. In de dagen daarna voelde ze hoe de wissel knarsend werd omgezet, klappen van metaal op metaal. Dan het knerpende geluid van wielen die hortend en stotend over de ontstane spleten zwoegden. De locomotief stoomde op naar de andere bestemming. In de wagon zat Erna bevend te schokken. Het was beslist.

15.

‘Zal ik met je meelopen?’ vraagt Vronie aan haar dochter. ‘Ik moet nog wat boodschappen doen. Ook wel gezellig.’

Het meisje zit op de onderste traptrede en trekt haar schoenen aan. Het blonde haar valt als een gordijntje over haar knieën. Vronie kan haar gezicht niet zien.

‘Oké. Ik pak mijn spullen even.’

Ze lopen langs de Singel. De wilgen hebben een gelig waas over hun takken. Bij hun wortels scharrelen eenden rond en in het gras langs de oever waggelen vreemd gekleurde ganzen. Iemand staat naar ze te kijken, een bejaarde met een zak oud brood, een natuurliefhebber met een verrekijker? Het is een vrouw, zien ze als ze dichterbij komen. Het is Erna, als ze op twee meter afstand genaderd zijn. Ze blijven staan, Vronie wijst op het kind. ‘Dit is Mina, we gaan naar vioolles.’

‘Ik ga naar les, jij gaat toch boodschappen doen?’ Mina draagt de viool als een rugzak en heeft een plastic tas met muziek in haar handen.

'Ga je wel eens alleen?' vraagt Erna. 'Is het ver?'

Mina schudt haar hoofd. Ze kijkt aandachtig naar de oude vrouw en dan weer naar haar moeder.

'Erna en ik kennen elkaar al een poosje,' zegt die. 'We wandelen wel eens. Door het park. Of we gaan kletsen.'

'Zijn jullie vriendinnen?'

'Zo zou je het kunnen zeggen,' antwoordt Erna. 'Maar jij doet vast andere dingen met je vriendinnen.'

Mina knikt. 'Gisteren hebben we nepnagels gekocht. En opgeplakt. Ik kon er helemaal niet mee vioolspelen! Ze raakten klem in de snaren. Toen heb ik ze eraf gehaald aan één hand. Hier, aan deze, zitten ze nog.' Ze toont haar handen, het muziektasje bengelt aan een elleboog.

Vronie is nu bang dat ze te laat op de les komen en spoort Mina aan om door te lopen. Het meisje lijkt zich met moeite uit het contact met Erna los te trekken.

'Je kan op bezoek gaan als ik op les ben,' zegt ze tegen Vronie. 'Ik ga zelf wel naar huis.'

'Veel plezier op je les,' zegt Erna. 'Ik vind het leuk dat ik kennis heb gemaakt met jou.'

Mina knikt. Vronie kijkt Erna vragend aan. 'Ja, kom maar zo meteen. Ik ga nu naar huis.'

Moeder en dochter zetten er de pas in en kijken niet meer om.

'Wel een oud iemand, voor een vriendin. Ze lijkt wel een oma.'

'Nee, ze is geen oma. Ze schrijft boeken. Heel veel boeken.'

'Kinderboeken?'

'Grotemensenboeken. Daar is ze beroemd mee geworden.'

'En nu ken ik haar!' zegt Mina trots.

'En zij weet wie jij bent.' Vronie strijkt over het gladde, blonde haar. Mina duikt weg met haar hoofd.

Langzaam loopt Vronie naar het huis van Erna. Waarom doe ik dit, vraagt ze zich af. Wat is die vrouw voor mij? Als ze een moeder moet zijn is ze wel een erg afstandelijke en vreemde moeder. Is het raar dat ik zo vaak bij haar kom? Wat kan het me eigenlijk schelen, het zijn eigenaardige gesprekken die we hebben, er wordt meer weggelaten dan gezegd. De eerste keer, toen ik als valse thuiszorger bij haar voor de deur stond – toen had ze me belachelijk kunnen maken, uitschelden, wegsturen. Maar ik mocht naar binnen en ze was wel boos maar niet op mij. Ze nam me serieus, zo'n gevoel kreeg ik, naast de overtuiging dat ik fout zat en nalatig was geweest. Ze hielp me om dat recht te gaan zetten en door met haar te praten geloofde ik dat ik dat kon. In gesprekken over andere onderwerpen kom ik nergens, met haar. Waarom stierf haar man? Waarom heeft ze geen kinderen? Waarom doet ze of ze nog nooit van Thomas heeft gehoord, een toegewijde student van haar man? Ik vraag te veel. Afwachten. Moet ik leren. Jammer dat ik niet mag praten over de geheime dienst. Wat zij daarvan zou vinden, hoe ik me moet gedragen als zwijgende echtgenote. Wat ik tegen de kinderen moet zeggen. Of ik bang mag zijn. Idiote gedachten.

Ze ziet in de verte iets bewegen in Erna's voortuin. Zwiepende takken terwijl het windstil is. Wat nu weer?

'Ik pak de boel maar eens aan,' zegt Erna. 'Het wordt te donker in huis en het is hier een wildernis. Snoeien en knippen. Bij de deur ligt een snoeischaar voor jou.' Ze heeft kaplaarzen aan en draagt een verschoten windjack. Aan haar voeten ligt een zaag en in haar handen heeft ze een vervaarlijke heggenschaar.

'Knip het dode hout er maar uit,' zegt ze. 'Dat kan je op het tuinpad leggen. We maken er een berg van en later brengen we het weg. Ik heb achter een kruiwagen staan.'

Vronie kijkt toe hoe Erna de struiken uitdunt en de toppen vastberaden terugsnoeit. Dikke takken gaat ze met de zaag te lijf.

'Wat sta je te kijken? Het groeit weer aan, hoor, in de lente. Het is noodzakelijk werk. Als ik schrijf gaat het ook zo. Wegstrepen, opruimen tot er iets overblijft wat ermee door kan. Er moeten hier nog bollen in de grond zitten. Als er meer licht komt heb je kans dat ze weer opkomen. Allemaal symbolisch, toch?' Erna grijnst. Vronie pakt de schaar en begint naar de dorre takken te zoeken. Nu werken ze zich allebei in het zweet. Voor een symbolische handeling is het wel erg concreet en zwaar, vindt Vronie. Ze doet haar jas uit en wrijft over haar handpalm, waar een blaar zich aankondigt.

'Je moet handschoenen aandoen. In de keuken ligt nog een paar. Op het aanrecht.'

Binnen kijkt Vronie verbaasd om zich heen. Een zooi. Kleren op de grond, vuil vaatwerk op tafel. Was zeker een impuls, zo ineens die tuin opknappen. Is dat ook een levensles van de schrijfster, meteen doen wat je invalt? En daarna zeker al die troep opruimen. Zelf heeft ze de neiging om vesten en sjaals netjes op te vouwen, de kopjes af te wassen, de papieren op tafel in keurige stapels te leggen. Ze voelt aandrang om te lezen wat er op die papieren staat. Niet doen. Is niet voor jou bestemd. Als je iets wil weten moet je het vragen. Niet spioneren. Nee.

Gehandschoend gaat ze de voortuin weer in. Bramenranken met gemene stekels, prikkende hulst in een hoek. Saaie parkstruiken die erom vragen omgehakt te worden. Wat is er met Erna? Ze lijkt van haar stuk gebracht, maar waardoor? Vronies voeten raken verstrikt in de over de grond groeiende klimoptakken. Ze houdt zich vast aan een stammetje – berk, esdoorn? – en kijkt hoe Erna met een verbeten gezicht de ene struik na de andere kortwiekt. Wat is er gebeurd, wat betekent dit? Geen idee. Afwachten. Observeren. Meedoen in een onbegrepen toneelstuk.

16.

Bloederige strepen op haar handen, vage pijn in schouders en knieën, takjes in haar haren. Wat is er in me gevaren, denkt Erna, waarom moest ik op stel en sprong zo tekeergaan? Ze haalt haar schouders op en begint te redderen. De keukentafel is haar werkplaats, daar moet het ordelijk zijn. Troep eromheen is afleiding en afleiding moet vermeden worden, anders komt ze tot niets. Vroeger, ja, toen Jacob er nog was, toen had ze boven een werkkamer. Heeft ze nog steeds. Een leeg bureau met een computer. Goede lamp. Kast vol mappen met kladversies van haar boeken. Fijne bureaustoel. Ze zit er zelden. Het ruwe werk verricht ze aan de keukentafel. Pas als dat klaar is draagt ze de schriften naar boven en begint ze de tweede versie van het boek langzaam in de computer te zetten. Vroeger moest je naar een typeschool om te leren tikken, nu kan iedereen het vanzelf. Zij ook, met twee middelvingers. Vrijwel al haar schrijfcollega's werken vanaf het begin op de computer maar zij is daar huiverig voor. Het tempo ligt anders. Schrijven met de hand gaat precies zo snel als denken, vindt ze. Ook is er iets eigenaardigs met het resultaat. De tekst die ze op het scherm ziet of die ze uitgeprint voor zich neerlegt heeft meteen iets definitiefs. Het ziet eruit of het gedrukt is, of het zó moet en niet anders. Het is lastig om het als een probeersel te blijven beschouwen en ze krijgt de neiging om de uitgetikte tekst als onaantastbaar te zien. Het zou net zo goed door een ander geschreven kunnen zijn, denkt ze soms, dat het van mij komt is onzichtbaar geworden. Nee, liever het geklooi met de potloden die door het veelvuldig slijpen dagelijks slinken, nog even overleven in zo'n handig potloodhoudertje en daarna als nutteloze stompjes in een oud koekblik verdwijnen. Dáár kan je aan zien dat ze gewerkt heeft.

Ze dwaalt even door de woonkamer en schrikt van de veranderde lichtval en het uitzicht op de kale voortuin. Ik was uit het lood geslagen, denkt ze, ineens moest ik die uitbundig groeiende struiken uit de grond rukken of klein maken. Beheersen. Misschien heeft het met mijn boek te maken. Opnieuw beginnen, alles wat ik tot nu toe heb opgeschreven wegsmijten. Het is ook een verhaal van niks, met zo'n morsige en kwaaie man als hoofdpersoon. Valt toch niets van te maken.

Ze gaat aan de keukentafel zitten en buigt zich over haar schrift. Ze leest wat ze gisteren opschreef. Niet oordelen, denkt ze, gewoon een stukje verder breien, het komt uit mijn hoofd en zal dus wel ergens op slaan, al weet ik niet waarop dan wel. Dat ga ik ontdekken. Hij heeft geheugenproblemen en versleten knieën, die oude. Kan vaak het woord niet vinden waar hij naar zoekt. Dat kan ik uit eigen ervaring beschrijven. Een kwelling is het. Ik heb geleerd rustig te wachten op de juiste inval. Vroeger kwam die meteen, nu duurt het soms wel een week. Dan valt je soms iets in maar weet je niet meer waar dat een antwoord op is. Ik zit hier m'n angsten van me af te schrijven en bij die man onder te brengen. Ja, ja, dat zal wel. Doe nu liever eens wat. Je bent moe, dat is ook niet gek na die exercities in de voortuin. Zou dat meisje, Mina heet ze, al terug zijn uit haar les? Ze weet eigenlijk niet hoe zo'n gezin aan het einde van de dag eruitziet – iedereen die thuiskomt na school, werk, bezigheden, met elkaar daarover spreekt, of dat plezierig is of juist niet. Een onbekende wereld. Ze pakt haar potlood en beschrijft hoe haar oude, smerige personage hete thee over zijn broek laat vallen. Hoe zijn telefoon gaat en hij op het schermpje ziet dat het zijn zoon is die belt. Hoe hij weigert de oproep te beantwoorden. Hoe hij onbeweeglijk naast het doordringend ratelende apparaat zit.

Erna treft Paulien in hun Italiaanse restaurant. Ze ziet er moe uit en zit een beetje uitgezakt achter een glas wijn.

'Gaat het?'

'Matig,' antwoordt Paulien. 'Ik kwam moeilijk weg. Het gaat niet lekker met Kees. Hij vergeet zoveel. Alles moet je drie keer zeggen, en dan nóg. Dat ik vanavond weg zou zijn was hij kwijt. En dan boos, natuurlijk. Niet leuk. Ik ben blij dat ik je zie.'

'We zouden weer eens moeten lopen. Daar knap je van op, toch?'

Paulien kijkt twijfelend. 'Ik weet niet of ik een hele dag weg kan bij hem. Zoals het nu is.'

Erna zegt niets. Ze bestudeert de menukaart hoewel ze precies weet wat daarop staat. Allemachtig, een zieke man. Dan gaat onze tocht langs de Romeinse muur vast niet door. Meer dan een week de hort op, dat gaat natuurlijk niet. Moet compassie hebben met Kees. Dementie. Een gruwelijke ziekte. Maar met mijn beroerde en egocentrische karakter denk ik eerst aan mezelf. En aan Paulien. Wij zijn al tachtig, hoelang kan je zulke tochten maken? We worden met het jaar krakkemikkiger en vatbaarder voor blessures, die ook niet meer zo snel overgaan als vroeger. Uitstellen is helemaal geen optie, Kees zal er met de tijd echt niet beter op worden. Ze moet hem in een verpleeghuis zetten, of in zo'n zogenaamd zorghotel, om de mantelzorger te laten bijkomen. God, wat ben ik aan het doordraven.

De eigenaar van het restaurant komt bij hun tafel staan. Hij zal iets lekkers voor ze maken, een verrassing, wijn hebben ze al, het doet hem plezier hen weer te zien in zijn zaak.

'Hoe is het met jou, Erna, ben je aan het werk?'

'Vandaag zowat de hele voortuin leeggetrokken, daar had ik ineens zin in. Het is weglopen, hoor, ik wil eigenlijk schrijven maar dat vlot niet zo. Akelig boek, wat ik nu maak. Ouderdom, eenzaamheid. Jasses.'

Paulien lacht. 'Jij vindt het altijd niets, het boek waar je aan bezig bent. Misschien moet je er niet over praten. Het in stilte laten groeien. Of is er iets anders waardoor je niet kan werken? Je bent toch niet ziek?'

Het voorgerecht. Meer wijn. Ziek? Ik?

'Welnee. Ik doe van alles. Ik had een vreemde ontmoeting, met een jongere vrouw. Het was een misverstand, ze kwam van de thuiszorg maar die wil ik helemaal niet. We hebben contact gehouden, gewoon privé bedoel ik. Het bleek dat haar man een student van Jacob is geweest. Rare toevalligheid. Ze heeft kinderen, een dochtertje, dat zag ik gisteren. Ze ging naar muziekles, met een vioolt je op haar rug.'

Paulien kijkt haar wat verschrikt aan.

'Zeg ik iets raars?' vraagt Erna. 'Niks aan de hand, hoor, ik vond het gewoon een roerend tafereeltje. Moet je niets achter zoeken. Ik zit niet ineens mijn leven als mislukte moeder te betreuren, echt niet.'

Veel te veel ontkenningen, ze hoort het zelf. Door het brede raam dat de hele gevel beslaat ziet ze dat het buiten donker is geworden. Binnen tetteren de gasten hun stompzinnige gesprekken in haar oren. Paulien zal niet mee kunnen wandelen langs die muur. Het boek zal ook niets worden. Mijn leven hangt van onzin en mislukking aan elkaar. Gelukkig komt nu de ober met het hoofdgerecht en moet ze zich herpakken. Zo kan het wel weer. Aandacht voor wat er nú is: lekkere vis, goede wijn, een lieve vriendin.

Laat naar bed. Moe zijn en toch niet slapen. Hoe zou Vronie dat doen, in slaap vallen? Die heeft zorgen, haast, stress. Hopeloos werk, dat getut met zieke en hoogbejaarde mensen, niets zal er beter worden en iedereen heeft verdriet om wat er verloren is gegaan, al perst Vronie nog zo vrolijk een sinaasappeltje uit. Een man zonder baan en met een weinig succes belovende opleiding heeft ze er ook nog bij. Die zal aan haar trekken, wil natuurlijk aandacht en medeleven.

Misschien maakt het moederschap alles goed, al kan je je geen gelukkige toekomst voor die kinderen voorstellen. Altijd opgewekt, Vronie. Ze gaat mee in elk voorstel en ziet overal iets positiefs in. Hoe word je zo? Aardige ouders gehad, denk ik. Misschien impulsieve warhoofden maar barstend van liefde voor hun dochter. Geen eisen, dus ook geen universitaire bagage. Wel vrijheid om te doen wat zich aandient. Als zij mijn dochter was – o nee, dan zou ze zeker moeten gaan studeren, daar ben ik enorm snobistisch in. Ik ben haar moeder niet, dus kan ik het wel waarderen dat ze daar geen zin in had. Wat ben ik dan, een vriendin? Een zorgobject? Een curiositeit? Om beroemdheid geeft zij niets, dat zie je zo. Ze leest trouwens ook niet. Misschien word ik een belangstellende en betrokken tante voor haar. Dat kan ik wel, daar weet ik alles van, uit ervaring. En een reservegrootmoeder voor dat meisje Mina.

Nu kan de slaap komen en haar overmannen, met deze gedachte brengt ze de overgave aan het bewustzijnsverlies wel op.

17.

Erna heeft goed geslapen en denkt koffie drinkend over de aangebroken dag. Ik ben de laatste tijd zeker twee keer uit het lood geraakt, constateert ze. Eerst toen dat lijk in de voetgangerstunnel ineens rechtop ging zitten en de tweede keer toen ik Vronie met haar dochter ontmoette. Het heeft geen zin om over de betekenis van die voorvallen te filosoferen, dat brengt me niets dan ellende. Ook wil ik er niet aan dat er iets fysieks aan de hand zou kunnen zijn met mij. Wat dan? Iets met de bloeddruk, zodat ik denk dat ik onderuit zal gaan? Iets in de hersenen wat ervoor zorgt dat ik trager denk en minder onderscheid maak tussen werkelijkheid en fantasie? Oeverloos, deze gedachten. Gevaarlijk ook. Ophouden.

Uit de wandelafdeling van haar boekenkast haalt ze de onlangs aangeschafte gids *Hadrian's Wall Path*. Van oost naar west in zes etappes, van zee naar zee. Zoals altijd in Engelse wandelgidsen is de toon erg opgewekt en zijn de aanbevelingen van kleuterniveau (Goede regenkleding! Gevulde waterfles!). Over Hadrianus staat er weinig informatie in, over diverse lokale dominees en archeologen weer erg veel. Vijf meter hoog was de muur. Waar is die hoogte gebleven? Verder dan twee, hooguit tweeënhalve meter kom je nergens, zo te zien. Zijn alle stenen weggeroofd door plaatselijke boeren om hun huizen te verstevigen en hun akkers te markeren? Of is het gewoon het stof der eeuwen, almaar neerdalend en uiteindelijk de muur toedekkend? De foto's zijn prachtig en maken haar nieuwsgierig. Ze ziet een aandoenlijk Mithrastempeltje; hebben de soldaten daar stiekem een verboden god aanbeden of mocht dat gewoon? Het hoge gedeelte in het midden van het pad is het mooiste, daar zijn ook de aansprekende opgegraven nederzettingen – Vercovicium, Vindolanda – en staat de muur van steen nog rechtovereind. De wandelroute voert over de kale bergkam. Tussen twee heuvels een diepe pas waar een eenzame esdoorn groeit. Er zijn foto's met uitzichten in noordelijke richting, naar Schotland. Aan de zuidkant van de muur ligt het Engelse landschap vol met tekenen van bedrijvigheid: boerderijen, dorpen, parkeerplaatsen. Draai je je om, dan stuit je op totale verlatenheid, wildernis waar geen mens heeft ingegrepen.

Ze legt het gidsje op tafel. Ik wil erheen, denkt ze, ik wil het zien. Nu niet tobben over de beweegredenen maar verstandig nadenken over een handelingsstrategie. Yourcenar over Hadrianus herlezen. Wandelingen maken om de schoenen in te lopen. Tempo en afstand opvoeren. Ik wil er klaar voor zijn.

Als kind wil je niet wandelen, het wordt je opgedrongen door grote mensen en je mening wordt niet gevraagd. Wanneer begon ik ermee, met het échte wandelen, dus niet zomaar een eind lopen? Met Jacob, denk ik. Langs de Singels, om te zien hoe verschillend die waren. Langs het strand, met één bus heen en met een andere terug. Het bleek verslavend, waarschijnlijk omdat allerlei besognes wegvielen en problemen zich als vanzelf oplosten. Langeafstandspaden met overnachtingen in provinciale hotelletjes, de dag tevoren vanuit een telefooncel geboekt of op goed geluk binnengelopen. Er waren geen mobiele telefoons, je moest lijsten met gegevens over slaapgelegenheden meenemen. En kaarten, om te zien waar je eigenlijk was.

Het is mijn eigen plan, denkt Erna. Als Paulien niet mee kan ga ik alleen. Dan zal ik zien wat de keizer zag. Hij reed op zijn paard de hele muur langs. Ergens in het midden gebaarde hij zijn volgers, lijfwachten, om rustig aan te doen en galoppeerde hij eenzaam voorop, denkt ze. Dan komt hij bij een opening in de muur en staat hij stil om naar het landschap in het noorden te kijken. Grijsbruin gras, drassige grond, een glimmend, kronkelend riviertje. Leegte. Wil hij die inlijven? Misschien ziet hij de muur als de huid van het rijk. Door die huid persen zweetdruppels zich naar buiten en komen vocht en genezende zalf naar binnen. Zolang er verkeer plaatsvindt tussen hier en de overzijde is het goed. Hij verliest zich in het lege land; op dertig meter afstand staan ook zijn manschappen stil.

Hij zet vaart naar de pleisterplaats, hij ziet de nederzetting, vastgeplakt aan de muur, al liggen. Als hij naderbij komt zwermen er kinderen uit en achter hen ziet hij de legerbevelhebbers staan. De volgers rijden nu vlak achter hem. Stapvoets gaat de keizer op de kinderen af. Vilten mutsjes, buisjes van hertenvellen, sandaaltjes met houten zolen aan hun kleine voeten. Zijn deze kinderen burgers van Rome? Natuurlijk, de vaders zullen soldaten zijn, opgenomen tussen de Romeinen. De moeders boerendochters uit deze streek, met compacte lichamen en vierkante koppen. De kinderen zullen tweetalig zijn, met naast de lokale barbarentaal vast wel het Latijn. De keizer groet hen met een glimlach. Zij, opgewonden en verlegen, gaan met hun blik van zijn vriendelijke gezicht naar de imposante vlag van de vaandeldrager achter hem. En weer terug. De moedigste onder hen prevelt een groet in onverstaanbaar jargon. Het officiële ontvangstcomité treedt naar voren. Hadrianus stijgt af en laat zijn paard wegvoeren. Hij denkt aan een houtvuur, een stevige maaltijd en een bed. Op de achtergrond van zijn denken is nog het verlaten noordelijke land aanwezig. Achter de grens.

Erna draait het wandelgidsje op haar werktafel met het voorplat naar beneden. De fantasie heeft haar op een spoor gezet, ze voelt dat die iets met haar boek te maken heeft en dwingt zichzelf daarbij stil te staan. De oude, boze man uit haar verhaal, hoe ervaart die de intrusies in zijn domein, de verzorgers die ongevraagd zijn huis binnenkomen, de telefoon die onverwachts een alarmbel laat horen, van buiten, uit de wereld waar hij niet meer toe behoort? Ze schrijft. Als het nergens op slaat streep ik het morgen weer door, denkt ze. Respect hebben voor de inval, dat moet. Opheffen van de grens tussen de inval en het papier is de taak die daarop volgt. Er ontstaat een vorm, een formulering. De volgende dag moet die kritisch worden bekeken. En dan weer door, zoals de keizer op zijn paard. Onder de felle bureaulamp zit Erna te schrijven, even zonder klachten, pijn of zorgen.

18.

Vronie is uitgeput. Ze had een akelige avonddienst. De eerste cliënt, een vrouw bij wie ze zeker al een keer of zes was geweest om haar de nacht in te helpen, had haar niet herkend en onderwierp zich stug en tegenstribbelend aan Vronies zorg. Nachthemd, tandenpoetsen, pillen. Bij het afscheid had ze achterdochtig gevraagd of morgen die zuster zou komen die er altijd was, zo'n aardige vrouw. Op het volgende adres lag een hoogbejaarde man in bed, doodstil. Op Vronies 'goedenavond' reageerde hij niet. Toen ze wat te hard kletterde met glaswerk hoorde ze ineens een raspende zucht. Ze boog zich over het ingevallen gezicht. Het leek of de man helemaal niet ademhaalde, ze moest erg lang wachten op de volgende, snurkende ademtocht. Ze werd er nerveus van; wat moest ze doen als hij tijdens haar aanwezigheid zou sterven? Dat hadden ze haar op de thuiszorgcursus niet geleerd. Eerst maar even opruimen, vers water inschenken, de pillendoos aanvullen. Intussen bleef het onheilspellend stil. Ze ging naast het bed zitten en keek op haar telefoon hoeveel tijd er tussen de ademhalingen verstreek. Te veel. Steeds langere intervallen. Ze legde haar vingers op de zenige binnenkant van zijn pols en probeerde de hartslag van de man te voelen. Klopte daar iets? Of niet?

Ik ben gek, dacht ze, dat ik hier verzenuwd zit te wachten. Ik ben ongerust. Ik ga bellen. Gelukkig werd de telefoon meteen opgenomen en kon ze haar zorgen kwijt.

'Wat moet ik doen? 112 bellen?'

'Nou, dat lijkt me niet,' zei de thuiszorgmedewerker die ze aan de lijn had. 'Ik zie hier dat meneer zesennegentig is en ook behoorlijk ziek. Ik ga een huisarts naar u toe sturen. Kunt u blijven wachten tot die er is?'

Vronie knikte, besefte dat ze iets moest zeggen. 'En als hij intussen doodgaat?'

'Rustig blijven en op de dokter wachten. Die ga ik nu bellen.'

Hoelang zou het duren voor er iemand kwam? Wat moest ze doen? Al heel lang geen snurk of zucht meer gehoord. Ik moet me niet aanstellen. Hij ziet er niet uit of hij pijn heeft. Is gewoon op weg naar de uitgang. Die hortende adem is een snakken naar uitstel. Aarzelend, met enige tegenzin, pakt ze de hand van de man. Misschien voelt hij dat hij niet alleen is. Het enige wat ik doen kan. Al meer dan een minuut geen teken van leven. Twee minuten. Vijf.

Toen ging de bel en liet Vronie de dokter binnen, een verrassend jong meisje. Zij ging kordaat te werk en onderzocht de man in het bed nauwkeurig.

'Dood,' zei ze.

'Maar ik heb nog nooit iemand dood zien gaan!' riep Vronie onthutst.

'Eén keer moet de eerste keer zijn. Ik zal even de centrale bellen, dan komt er een verpleegkundige om de boel af te werken. Is er een extra sleutel op kantoor? Dan kunt u wel gaan.'

Vronie merkte dat ze stond te trillen en het zweet was haar uitgebroken. Ze wilde zielsgraag weg, naar buiten, door de koele avondlucht fietsen. Haar handen wassen, de hand die aan de dode had gezeten. Eenmaal buiten kon ze nergens haar fietssleutel vinden. Jaszakken binnenstebuiten trekken, haar tas omkeren op de stoeptegels. Ze huilde. Laten staan, dacht ze. Lopen. Naar huis.

Nu neemt het beven en trillen af. Thomas schenkt een glas voor haar in. Ze trekt haar benen op de bank en zucht.

'Tegenslag?' vraagt Thomas. Ze vertelt in kort bestek wat haar is overkomen. Ja, het is me overkomen, het heeft me overvallen. Kan niet zeggen dat ik het heb 'meegemaakt'. Reageerde alleen maar met trillen en beven, wist helemaal niet meer wat ik dacht. Dat dat mogelijk is, zoals altijd rustig liggen wachten op de komst van een verzorger en dan binnen een kwartier morsdood zijn. Onvoorstelbaar. Het is juist heel gewoon, dat weet ik ook wel. Mensen sterven, zeker erg oude mensen zoals deze meneer. Maar waarom moet ik daar verdomme bij zijn?

Ze heeft haar glas weggezet en houdt haar hoofd in haar handen. Ik moet slapen, denkt ze, ik moet dit achter me laten. Het gaat mij niet aan. Wil er ook niets van weten. Alles moet blijven zoals het is. Ik lijk wel een kind, die verdragen ook geen verandering. Mina is al boos als ik naar de kapper ben geweest. Afleiding nu, iets anders.

'Hoe was jouw dag, ben je al echt begonnen?'

'Mwah, nou ja, zo'n beetje wel. Kennismaken met collega's en zo.'

'Weet je al wat je moet doen?'

'Ik heb een kantoortje, een team en een taak.'

Stilte. O ja, hij mag niets zeggen. Een taak, dat klinkt serieus. Ineens wordt ze razend, heeft ze totaal genoeg van zwijgende kerels. Thomas en zij zijn nu ongelijkwaardig. Hij krijgt van mij alles te horen over de ellende waar ik tegenaan loop en ik sta volstrekt buiten zijn werkzame leven. Daar zit hij, mijn man, met zijn lippen stevig op elkaar. Je komt er niet achter wat hem bezighoudt of wat hij voelt. Ze ziet het gesloten gezicht van de stervende man voor zich. Lag daar dood te gaan zonder enige mededeling aan haar, zijn verzorgster. Alsof ze er niet toe deed. Was ook zo, voor haar een ander, hij zou het niet merken. Intussen werd ze wel opgezadeld met de machteloosheid van een toeschouwer.

Nu sijpelt haar razernij weg en voelt ze een loden vermoeidheid bezit van haar lichaam nemen. Ze is zo zwaar dat ze niet meer op kan staan, een verlamming waar ze in gevangenzit. Elke mogelijkheid om te bewegen, te handelen is uitgesloten. Ze huilt, ze merkt dat de tranen over haar wangen lopen en ze laat het. Verslagen, denkt ze, ze hebben me verslagen en buitengesloten en ik wist niet eens dat het een gevecht was. De stilte duurt voort. Uiteindelijk schraapt Thomas zijn keel.

'Misschien is het te veel voor je. Moet je toch iets anders gaan zoeken. Als je er zo overstuur van raakt is het gewoon te zwaar.'

‘Dat is het niet,’ fluistert ze. ‘Daar gaat het helemaal niet om. Dat iedereen doodgaat weet ik heus wel.’

Ik praat ook als een kind, denkt ze. Stuurs, verongelijkt, gemelijk. Wat heb ik toch, wat is er met me? Kon ik maar naar Erna, met haar kan ik beter praten, al weet ik niet waarom.

‘Wat zit je dan wél dwars?’

De stem van Thomas is te luid, het klinkt als een bevel en dat maakt op voorhand elk antwoord onmogelijk. Een kind, denkt ze, een kwaaiig kind dat zich verlaten weet en onbegrepen. Niemand vertelt haar iets. Ze weet niet hoe ze zich gedragen moet. Ze is alleen. Ze hebben haar allemaal in de steek gelaten.

19.

Erna gaat bij Paulien langs met de wandelgids in haar tas. Samen de etappes bestuderen, schatten of ze die afstanden, over dat terrein, kunnen halen zonder al te veel ongemak. De archeologische opgravingen en reconstructies bekijken, fantaseren over overnachtingslocaties, hoogtelijnen beoordelen. Dat is het plan, dat subiet in elkaar stort zodra ze binnenkomt. Paulien ziet er bleek en moe uit en begint meteen te klagen.

'Hij slaapt nu zelfs overdag. Ik denk dat hij moeite begint te krijgen met de tijd. Hij overziet het niet meer. Hij eet als ik zeg dat we gaan eten.'

'Dement, denk je dat?'

Paulien knikt. 'Daar ben ik wel bang voor, ja. We zouden eigenlijk naar de dokter moeten gaan, of naar dat dementiecentrum. Dan krijg je een diagnose, maar wat heb je daaraan? Er is niets tegen te doen, het gaat bergaf en dat weet je dan zeker. Lekker is dat. Nou ja, met zo'n stempel kan je hulp krijgen, lijkt me. Dat zal Kees zeker afwijzen. Dagbesteding, zie je het voor je? Kees in een groep uitgebluste bejaarden verven en liedjes zingen? Dat kan ik hem toch niet aandoen? Ik vind het ook lastig om zo bezorgd te zijn de hele tijd. Dat hij zonder dat ik het in de gaten heb de deur uit gaat en verdwaalt. Ik wil niet dat de politie hem dan terug komt brengen, maar ik wil ook niet zo'n zendertje in zijn jaszak stoppen, stiekem.'

'Ja,' zegt Erna bedachtzaam, 'dat snap ik wel. Je bemoeit je dan met zaken waar mensen zelf over zouden moeten gaan. Huis afsluiten als je even een boodschap moet gaan doen? Dan kan hij er niet uit. Ook niet als hij een brandje heeft gesticht.'

Ze zitten een poosje zwijgend tegenover elkaar. Van boven komt gestommel. Alsof daar een groot dier wordt vastgehouden, denkt Erna. Een onbehouwen, woedend beest dat tegen de wanden van zijn kooi beukt.

'Hij kan zichzelf wassen, hoor. En scheren. Samen naar de televisie kijken vindt hij gezellig.'

'Jezus, Paulien! Je bent een gevangene geworden. Ga praten met je huisarts, regel een verwijzing naar een geriater of een neuroloog. En je moet hoe dan ook zorgen dat je zo nu en dan vrij krijgt.'

Paulien knikt. 'Het is niet te doen, je hebt gelijk. Maar ook als ik even word vrijgesteld kan ik nooit lang weg. Die wandeltocht van ons – ik vrees dat ik moet afhaken. Heel erg. Had me er zo op verheugd. En lullig tegenover jou, dat helemaal. Ik zou wel aan een van de kinderen willen vragen hier een week te zitten en voor hun vader te zorgen, maar ik weet nu al dat ze dat geen van drieën zullen doen. Ze hebben hun eigen gezinnen, eigen zorgen, ze wonen ver weg, hebben drukke banen. Het idee dat kinderen als het tij is gekeerd voor hun ouders gaan zorgen is iets van lang geleden. Of uit totaal andere culturen. Hier kan dat allang niet meer. Het is zoals het is. Ik zal me erbij neer moeten leggen.'

Stel dat Jacob was blijven leven, denkt Erna, wat zou ik doen als hij ging aftakelen? En wat zou ik willen dat híj deed als ik dement werd? Ik kan nu al soms de woorden niet vinden, niet terughalen wat ik gisteren heb gedaan, wie dat zinnetje zei dat ik niet uit m'n hoofd krijg. Als het erger zou worden, als ik mijn greep op de tijd zou verliezen, als ik me een vreemde in ons eigen huis zou voelen, Paulien niet meer zou herkennen? Ik zou dood willen. Daar zou Jacob me mee moeten helpen. Hij heeft me in de steek gelaten door zich te pletter te rijden. Ik kan wel stoer zeggen dat het me veel vrijheid heeft opgeleverd, maar er is ook een andere kant. Ongelooflijk egocentrisch ben ik geworden. Cynisch ook. Denk ik nu echt dat hij zelfmoord heeft gepleegd, dat hij expres in volle vaart op die muur is afgereden? Dat hij geen reden meer zag om verder te leven? En waarom dan? Tussen ons was het rustig geworden na die storm rond de miskraam; ik respecteerde zijn angst en het onderwerp voortplanting raakte gesekwestreerd, om het zo objectief mogelijk uit te drukken. Ook wat ik er zelf over voelde had ik stevig verdrongen. We konden plezier hebben, we deelden belangstelling voor literatuur, voor kunst, voor landschappen. Daar banjerden we doorheen, eensgezind, tevreden. Vrienden hadden we ook, om weekenden mee weg te gaan naar Wenen of Parijs. Zonder hun kinderen natuurlijk. We hadden allebei vreugde van ons werk, ja toch? Als ik vastzat in een boek luisterde hij naar me. Behalve met Joost kon ik alleen met Jacob praten over wat ik maakte. En hij vertelde me op zijn beurt over zijn colleges, zijn promovendi, zijn collega's. Daar sprak hij met enthousiasme over. Met betrokkenheid. Wat zou hij voor reden gehad moeten hebben om eruit te stappen? Als hij een gruwelijke ziekte onder de leden had zou hij het gezegd hebben. En anders, achteraf, de huisarts wel die we toen hadden. Tegen een muur rijden, gaspedaal op de bodem, het is zo gewelddadig, zo agressief. Misschien durf je het alleen maar zo. Alsof je keihard op de rand van een steile klip afrent. Je kan jezelf niet meer tegenhouden en de zwaartekracht sleurt je de dood in. Je hoeft niets meer te beslissen, het gebeurt gewoon. Ik moet met dit zinloze gemijmer stoppen. Hij had een plotselinge flauwte, een subiete bloeddrukdaling. Dat kan. Laat het gaan. Hoe dan ook hebben we de situatie waarin Paulien en Kees nu verstrikt zitten kunnen vermijden. Moet ik daar blij mee zijn?

Het gestommel op de bovenverdieping wordt heviger. 'Hij komt zo naar beneden,' zegt Paulien. 'Ik ben altijd bang dat hij van de trap lazert, maar ik mag hem niet helpen.'

Erna hoort Kees kletterend pissen in de wc op de gang. Zeker de deur open laten staan. Lichtknopje niet gevonden? Onsmakelijk. Hij trekt wel door. Zou hij z'n handen wassen? Het kan allemaal nog erger, maar dit is erg genoeg. Als Kees de kamer binnenkomt ziet ze meteen zijn onbestemde blik. Hij kijkt eerst naar Paulien en dan naar Erna. Herkent hij haar? Twintig jaar aan gedeelde vakanties? Het is niet duidelijk. Een beetje, misschien, want hij zegt: 'Leuk om je te zien.'

Nu komt Paulien los uit haar verlamde stand. 'Erna kwam even langs,' zegt ze met nadruk op de naam. 'Wil je ook koffie?'

Kees blijft staan. 'Ik moet zo weer aan het werk,' zegt hij. Paulien is al aan het redderen met de koffiemachine.

'Nou, dat kan misschien even wachten. Ga zitten, dan maak ik een kopje voor je.'

Kees glimlacht en zet zich in een stoel. Vervolgens begint hij te zwijgen.

Erna voelt zich beklemd en heeft het te warm. Weg hier, en snel ook. Kan ik nu al opstaan en m'n jas pakken? Kees zit voor zich uit te staren, Paulien rommelt bij het aanrecht. Ik verzink in een moeras van uitzichtloosheid. Weet niet wat ik tegen Kees moet zeggen, wat ik ook te berde breng, wat ik hem ook vraag – alles zal hem confronteren met zijn onvermogen. Maar dit zwijgen verdraag ik niet. Deze hele toestand brengt me aan het tobben, waarom krijg ik die rotherinneringen aan de dood van Jacob – ja, hij was de beste vriend van Kees, dat zal het zijn. Ik móét naar buiten. Zit ook zo te twijfelen aan m'n eigen geheugen, m'n verstand. Straks, thuis, ga ik aan tafel zitten met Herodotus. Heel lange zinnen ontleden. Aan mezelf laten zien dat ik dat nog kan. Woordenboeken erbij natuurlijk, de woordenschat die ik vroeger op school had is behoorlijk afgekalfd. Geeft niet. Als ik de structuur van zo'n zin maar duidelijk krijg en lang genoeg in mijn hoofd kan houden om een mooie vertaling te maken. Die dan opschrijven in een schriftje. En door naar de volgende zin.

Erna staat al en slingert haar tas over haar schouder. Ze raakt de arm van Kees even aan. Hij kijkt verschrikt op en produceert dan een glimlach. Een kus voor Paulien en dan met grote passen naar de voordeur. Eén, twee, drie, over de drempel, de deur wijd open, de straat op, snel!

20.

Vronie is er de vrouw niet naar om lang in somberheid te blijven hangen. Ze houdt van actie, van daden. Als Thomas stil en tobberig is over zijn werk moet er afleiding komen. Als ik niet tegen zijn gezwijg kan moet ik iets bedenken waar we het wél over kunnen hebben met z'n tweeën. We hebben een huwelijk, een gezin, een vriendenkring. Hoe erg is het helemaal als je één levensgebied voor jezelf houdt? Als je man psychotherapeut is hoor je toch ook niets over zijn bezigheden? Je weet niet wie er bij hem in de spreekkamer zit, je hebt geen idee wat ze daar uitvoeren, je weet niet waar hij aan denkt. Een rechter mag ook zijn zaken niet bespreken met zijn vrouw en zijn kinderen aan de eettafel. Het is niets bijzonders, het gebeurt overal. De eettafel. Goed idee. Mensen te eten uitnodigen, vinden we allebei leuk. Misschien Erna? Dan kan hij met haar over zijn studietijd praten, over haar man vertellen bij wie hij zo graag college liep. Voor haar is dat vast ook prettig, een gesprek met iemand die in haar verleden thuis is. Wie weet herkent ze Thomas als ze hem ziet. Verliezen ze zich samen in anekdotes over spannende expedities en uitstervende talen. Hij heeft voor haar romans ook wel bewondering, is fijn voor haar. Mannen schijnen zich te schamen als ze met plezier een boek van een vrouw lezen, vertelde Erna haar. Dan zegt zo'n kerel 'Mijn vrouw leest ál uw boeken!' en denkt hij dat dat een compliment is. Thomas is een gunstige uitzondering. Ik ga het hem straks voorstellen.

'Ja, goed idee,' zegt hij. Ze zitten aan tafel.

'Is dat die mevrouw die we tegenkwamen?' vraagt Mina. 'Die oma, in het park?'

'Die schrijfster, bedoel je. Ja, zij is het. Ik zie haar best vaak de laatste tijd. Ik vind het leuk als ze eens hier komt en jullie leert kennen.'

'Ik kende haar man, vroeger,' zegt Thomas. 'Ik had les van hem. Maar ik kan me haar niet goed meer herinneren. Wat gaan we koken? Ze is toch geen veganist of zo? Heeft ze lactose-intolerantie of glutenallergie? Moet jij maar eens uitzoeken, Vroon.'

'Ik haal wel iets lekkers bij de traiteur. Ze eet alles. Ze drinkt ook.'

'Die Italiaan,' zegt Jan ineens. 'Zo'n schaal met hammen en worsten, zoals laatst. En een flinke bak pasta met schelpen en zo. Een toetje met drank erin.'

Zie je wel, denkt Vronie, de sfeer klaart meteen op. Het was een goed idee. Ik bel haar straks.

Een week later staat Erna voor de deur met een grote schaal in haar handen. 'Bollen. Je kan ze binnen zetten zolang ze bloeien en daarna ingraven in de tuin. Als je geluk hebt, breiden ze zich uit. Er zitten ook kievitsbloemen bij.'

Een schutterig ballet in de hal. Thomas stelt zich voor, zegt dat ze elkaar waarschijnlijk decennia geleden wel eens ontmoet hebben, welkom, fijn dat u er bent, zal ik de bloemen overnemen, Jan, onze zoon is dat, zet jij ze even binnen graag, en hier is Mina.'

'Mina en ik hebben al kennisgemaakt. Zeg maar Erna, ik ben met je vrouw ook op je-en-jij-voet. Anders wordt het wel erg gecompliceerd.'

Jas uit, ze heeft een mooie blouse aangetrokken, ziet Vronie, die er rustig bij staat met een schort voor en de handen op haar heupen. Ze drommen de kamer binnen, stoelendans, ondervraging over drankwensen, Vronie bezig bij de porseleinkast, Mina ademloos de beroemde boekenschrijfster observerend.

'Ik doe de volwassenen,' zegt Thomas tegen zijn zoon, 'als jij je zus en jezelf verzorgt. Mama heeft voor jullie chips gehaald, pak die ook maar.'

Vronie komt met Italiaanse borrelhapjes. Dit gaat goed, denkt ze. Erna en Mina staan samen voor het raam naar de tuin te kijken.

De avond ontrolt zich. Vronie hoort Jan aan Erna uitleggen wat AI is en hoe je dat gebruikt. Mina vertelt over haar aanstaande muziekuitvoering, met een hoopvolle klank in haar stem. Ze hoopt dat Erna komt luisteren, denkt Vronie, maar die lijkt de hint niet op te pakken. Ze heeft geen ervaring met kinderen, natuurlijk, hoe die totaal gefocust kunnen zijn op één ding en ervan uitgaan dat alle anderen die vurige belangstelling delen. Thomas begint te vertellen over de colleges vroeger, waar zelfs studenten van andere vakken naartoe kwamen. Dat er onlangs een grote collegezaal naar Erna's man is vernoemd, de Ankersmitzaal, in het letterengebouw. Erna vraagt niet veel, ze zit stilletjes te luisteren. Vronie verdwijnt naar boven met de kinderen. Jan gaat huiswerk maken, Mina poetst haar tanden. Kletsen, instoppen, welterusten kussen.

'Zou zij in mijn beroepenproject willen?' vraagt Mina als Vronie al in de deur staat. 'Iedereen uit mijn klas moet iemand interviewen over zijn beroep. Schrijfster ís toch wel een beroep?'

'Jazeker. Leuk idee, niemand zal een schrijfster kiezen, denk ik. Allemaal bankiers en dokters, vast. Je moet het maar aan haar vragen, wie weet doet ze het wel.'

Als Vronie weer de kamer in komt, is de sfeer omgeslagen. Het lijkt wel een verhoor, denkt ze, Thomas legt zijn nieuwsgierigheid helemaal niet meer aan banden. Alles wil hij weten over Jacob, nu hij eindelijk tegenover diens vrouw zit. Hoe hij in de Kaukasus geïnteresseerd raakte, hoe vaak hij daar geweest is, hoelang hij dan wegbleef, of hij daar goede vrienden had. Zijn publicaties daarover kent hij natuurlijk, maar de praktijk, hoe verliep dat? Zelf was hij één keer mee, voor twee weken maar, hij moest terug om tentamens te doen en Jacob bleef achter. Met die loodzware bandrecorder, met twee grote spoelen erop. Batterijen ook, want er was in die bergen niet altijd een stopcontact. Schreef hij haar brieven? Wist ze tot in detail wat Jacob daar uitspookte, met wie hij bevriend was? Is er na zijn dood iemand geweest die zich om het archief bekommerde? Of bewaarde hij alles in het taleninstituut? Beheert zij nog nagelaten papieren? Reisverslagen, een dagboek?

Ze ziet Erna bleker en bleker worden, lusteloos met haar armen op tafel hangend. Als Thomas vraagt naar het politierapport over het ongeluk grijpt ze in en informeert ze bij Erna hoe de nieuwe roman vordert. Die hijst zichzelf wat rechter op en pakt haar wijnglas. 'Het gaat nergens heen,' antwoordt ze. 'Het is breien. Elke dag een stukje. Ik ga door tot ik weet wat er eigenlijk op papier moet. Alsof het dan pas echt begint. Onzin hoor, ik heb nu al hele lappen tekst, die komen ergens vandaan. Terughoudendheid is een deugd. Traagheid ook. Maar ik blijf trouw aan het handwerk, ik sla vrijwel geen dag over.'

Thomas zit stuurs te kijken. Die had over het ongeluk, het onderzoek, de nasleep van alles willen horen. Hebberig, vindt Vronie, en nogal ongevoelig. Het is nog verre van laat als ze Erna in haar jas helpt. 'Zal ik je even met de auto thuisbrengen?' probeert ze. Nee, dat is uitgesloten. Lopen, flink lopen door de stad in de avond, dat is precies wat Erna nu wil.

'Je zat haar wel achter de vodden,' zegt ze tegen Thomas. 'Onbeschaamd, hoor. Had je niet in de gaten dat ze het helemaal niet trok?'

Hij schudt zijn hoofd. 'Ja, ik liet me meeslepen. Er is zoveel dat ik niet weet. Raadsels die ik wil oplossen. Ze ging inderdaad wel vroeg weg. Heb ik het nu verpest?'

Vronie zucht. 'Ze is een oude vrouw. Alleen. Misschien mist ze haar man en vindt ze de confrontatie met jouw herinneringen pijnlijk? Ik weet het niet. Verdriet gaat niet weg. Hoogstens duikt het onder. Als jij dan over dat ongeluk begint, komt het bij haar weer boven. Zoiets. Je had het niet moeten doen.'

21.

Na het diner bij Vronie en haar gezin slaapt Erna beroerd. Eindeloos woelen en omdraaien, geen rust. Pas tegen de ochtend valt ze in een diepe slaap. Ze ontmoet Jacob in een droom. Hij ziet er slecht uit – vermoeid gezicht, grauwe huid. Ze omhelst hem, ze drukt zich tegen hem aan en voelt zich schuldig. Het is háár fout, ze heeft hem verlaten. 'Je moet niet ziek worden,' fluistert ze huilend in zijn oor. In tranen wordt ze wakker. Een idiote droom, denkt ze, complete onzin. Ik heb hem niet in de steek gelaten, hij verliet míj door op die muur af te rijden. Waarom komt hij me nu lastigvallen, hij is al jaren dood. Ze is rechtop gaan zitten. Nu niet meer gaan liggen, soms beland je in dezelfde droom als je meteen weer inslaapt. Hij verliet me ook als hij naar Georgië ging, weken achtereen. Vond ik dat dan zo erg? Ze probeert de droom naar voren te halen – stond zijn koffer bij de deur? Had hij zijn jas al aan? Heb ik ooit gehuild als hij wegging? Ik wil er niet over denken. De politiemannen die haar midden in de nacht kwamen halen. Zijn verbrijzelde lichaam bij de identificatie. Een plastic zak met zijn horloge, portefeuille, een blaadje met aandachtspunten voor z'n lezing. Niet denken. De boulevard, wat deed hij daar op dat uur? Reed hij naar een clandestiene vriendin in een van de grote hotels daar? Kwam hij terug van zo'n geheime afspraak? Dat gelooft ze niet, dat kan niet. Maar waarom reed hij daar dan? Wilde hij gewoon de zee even zien? Zijn gezicht was kapotgeslagen tegen de voorruit. Opstaan, het bed uit, gordijnen wijd open. Deze dag ingaan en de droom uitwissen. Het moet, denkt ze, ik kan het, ik doe het elke dag.

Ziet ze nu iets bewegen door het raam aan de voorkant? Voor de zekerheid doet ze twee stappen achteruit. Ja hoor, een man met een enorme bos bloemen onder zijn arm geklemd staat te rommelen bij het hekje. Thomas? Ja, Thomas. Wat krijgen we nou, denkt Erna, het moet niet gekker worden. Zit die kerel me gisteravond het hemd van het lijf te vragen, staat hij nu voor mijn deur. Op zoek naar meer, zeker. Geen sprake van. Komt niets van in. Gewoon niet opendoen. Misschien heeft hij me gezien en dan kan ik het niet maken hem te laten staan. Ga ik verdomme capituleren, door de knieën, vriendelijk zijn? Dank voor gisteren, zo gezellig, zo lekker? De bel gaat. Knarsetandend schuift Erna naar de hal. De woede verbijten. Aanpassen. Doen of er niets gebeurd is. Een nederlaag. Nee, dat heet beschaving, zegt een stem in haar hoofd. Jacob? Ze glimlacht. Ook met de beschavingsjas aan kan je razend blijven. Ik ben eigenaar van de woede en blijf dat. Ze doet open.

'Ik heb me misdragen,' zegt Thomas. 'Ik kom mijn verontschuldiging aanbieden. En deze bloemen. Mag dat?'

Ze gaat hem voor het huis in, naar achteren, waar de keuken in de kamer overgaat. Ze legt de bloemen op het aanrecht en zet het koffieapparaat aan. Thomas praat door, dat zijn enthousiasme met hem op de loop ging, te veel gedronken ook, maar vooral zo blij dat hij over zijn geliefde docent kon spreken, onvergeeflijk dat hij vergeten leek te zijn dat hij tegenover de weduwe zat, dat zijn vragen bij haar akelige herinneringen zouden kunnen oproepen, hij schaamt zich diep. Met gebogen hoofd, de handen hangend tussen zijn knieën, zit hij aan tafel. Hij durft haar niet aan te kijken.

Erna pakt een vaas uit het keukenkastje en begint de bloemstelen een voor een bij te knippen met het tuinschaartje. Mooi, helleborus, die zie je zelden in een boeket. Allemaal roze en witte bloemen, met zorg uitgekozen. Als hij maar niet denkt dat het mij welwillend stemt. Hij praat of het allemaal over hém gaat. Stuurs, een mooi woord. Zo voel ik me. Vreemd dat zijn vragenwaterval me zo van mijn stuk bracht, ik ben toch wel wat gewend op interviewgebied. Als ik de schrijver ben. Wie was ik dan gisteren?

'Ik kwam bij jullie omdat ik erg op Vronie gesteld ben geraakt. Het leek me wel fijn om haar gezin te leren kennen. Dat jij zo losging over Jacob overviel me. Ik had wel meer over jullie gezinsleven willen horen, maar jouw vragen brachten me dertig jaar terug. Daar wist ik op dat moment geen raad mee. Daarom ging ik weg.'

Thomas knikt. 'Het spijt me, echt. Ik dacht niet goed na. Het is jammer. Vronie verheugde zich op je bezoek. Mina ook, trouwens. We zullen het snel een keer overdoen, hoop ik.'

'Een gezinsleven, dat ken ik eigenlijk niet,' gaat Erna

door. 'Mijn ouders zijn overleden toen ik erg klein was. De zuster van mijn vader heeft mij opgevoed. Een alleenstaande vrouw die geen enkele ervaring met kinderen had. Ze was scheikundige en werkte bij een technische hogeschool. Ze behandelde mij als een volwassene. Ze deed haar best om mij de wereld uit te leggen. In de schoolvakanties bezochten we interessante landen en steden. Gebouwen, landschappen, schilderijen. Liet ze me allemaal zien zonder iets op te dringen, ik kon zelf bepalen wat ik ervan vond. Toen ik uit huis ging om te gaan studeren heb ik haar erg gemist. Ik geloof dat ik jouw gevoelens over Jacob wel begrijp. Iemand van een oudere generatie die volstrekt autonoom is en bovendien oprechte belangstelling heeft voor jou en voor je ontwikkeling. Zonder oordeel.'

'Ja,' zegt Thomas terwijl hij haar nu recht aankijkt. 'Zo is het precies. Een soort vader die betrokken is maar je ook vrijlaat. Dat was een verrassing voor me; mijn eigen vader had opinies die hij opdrong. Slavistiek was luxueuze onzin, als je vooruit wilde komen moest je rechten gaan studeren. Desnoods economie. Hij heeft het me nooit kunnen vergeven en ik heb me altijd de mislukte zoon gevoeld. Dat speelt nu weer op, merk ik, nu die talenstudies zo'n beetje worden afgeschaft. Heeft hij toch gelijk gekregen.'

'Hoe doe jij dat nu met je eigen kinderen?'

'Slecht. Vronie is daar beter in. Die kijkt echt nieuwsgierig naar wat de kinderen bezighoudt, wat ze echt willen. Ik ben bang dat ik zonder me er bewust van te zijn veel van mijn vader heb overgenomen. Ik haat dat, maar het is lastig er iets aan te veranderen. Ik moet me inhouden om Jan niet een vakkenpakket op te dringen waarmee hij later geld kan verdienen, al interesseert het hem geen bal. Ik kan moeilijk genieten van Mina's muziek; ben bang dat haar schoolwerk eronder lijdt. Ik maak me ongerust dat ze te veel viool studeert. Dat ze violist wil worden.'

Erna luistert en denkt dat dit de verkeerde kant op gaat. Zit ik hier tegenover iemand die zijn onzekerheden etaleert alsof hij mij vergeving vraagt. Moeilijk om je aan zo'n appèl te onttrekken. Hij is geen kind, hij is een vijftigjarige man. Ik ben geen troostende moeder of oma, ik wil gelijkwaardigheid. En opvoedproblemen bespreken zint me al helemaal niet. Hij moet eruit. Beleefd verzint ze een excuus – werk dat ligt te wachten, een telefoontje dat haast heeft. Ze heeft haar ergernis en woede niet ingeleverd. Of je dat nu een succes kan noemen weet ze niet.

22.

Paulien belt om te vertellen dat zij een verzoek tot opname en verblijf in een verpleeghuis heeft gedaan, voor Kees. Er zal een huisbezoek plaatsvinden door een commissie die de situatie gaat beoordelen.

'Ze gaan kijken of ik het nog aankan. Vragen of er familie is die hulp kan bieden. Sputteren over Kees' weigering om naar de dagbesteding te gaan. Wat nou als ze zeggen dat er geen indicatie is, naar hun oordeel?'

'Heb je, of hebben zij, gegevens van de huisarts? Moet er niet een deskundige meepraten, iemand die Kees al wat langer kent?'

'Ik weet het niet. Zou je wel zeggen. De thuiszorg moest wel een rapportje maken, zei dat meisje vanochtend. Over de zelfredzaamheid van meneer, zei ze. ADL heet dat. Algemene dagelijkse levensverrichtingen. En de stand van zaken in de huishouding. Zou het helpen als ik niet meer stofzuig en alle troep laat liggen? Heel kinderachtig, weet ik, maar ik ben echt ten einde raad.'

Paulien kakelt maar door, er is geen houden aan. 'Weet je wat ook zo frustrerend is? Stel dat ze die indicatie bevestigen en dat Kees er ook nog mee akkoord gaat – wat vast niet gaat gebeuren –, dan is er nergens plaats. Het kan maanden duren. Je loopt ook kans dat er iets vrijkomt op driehonderd kilometer afstand. Al die instellingen zitten propvol en de wachttijd is gigantisch.'

Erna weet op zoveel narigheid geen antwoord te geven. Het is verpletterend, voor alle betrokkenen. Ik kan alleen luisteren, denkt ze, of op bezoek gaan als Kees slaapt. Morgen.

De dag, met het vreemde verschijnen van Thomas en de klaagzang van Paulien, heeft haar leeggevreten. Ze kan haar gedachten niet voldoende onder controle krijgen om nog te gaan schrijven en geeft dat voornemen maar op. Die man uit mijn boek, denkt ze, die is ook al zo oud en gebrekkig. En vol angst om de greep op de werkelijkheid kwijt te raken. Ik moet hem niet met Kees gaan verwarren, hij is absoluut niet dementerend, die protagonist van mij. Dat is juist zo erg, hij registreert vlijmscherp zijn eigen tekorten. Daar wordt hij dan weer kwaad en beroerd van. Verzinken in gelukzalig niet-weten is er voor hem niet bij. Zou hij zelfmoord plegen? Misschien is dat de oplossing, uiteindelijk. Maar niet te snel, anders wordt het een heel dun boekje.

Zelfmoord, denkt ze als ze in de badkamer staat. Het is al een gruwelijk onderwerp op zichzelf. En dan verbind ik het ook nog met het raadsel van Jacobs dood. Ik wil er niet aan denken en toch doe ik dat. Komt vast door die student, die Thomas. Ach, onzin. Ik heb toch zelf die droom gehad, helemaal eigenhandig uit mijn onbewuste opgevist. Ze ziet in de spiegel haar schouders zakken en voelt de verslagenheid pas daarna. Ik ben geen jonge vrouw die in de armen van haar man staat. Kijk toch naar die vouwen, die rimpels, die vlekken. Een hoogbejaarde kop, ik kan er niets anders van maken. En toch, in het flatterende licht van het lampje boven de spiegel, zie ik er prima uit. Denk ik dat ik er prima uitzie. Begoocheling. De werkelijkheid loslaten. Jezelf aankijken alsof de dementie heeft toegeslagen. Je afvragen wie dat is, die vrouw in de spiegel. Intense verwarring, onzekerheid, angst om van de spiegel weg te lopen. Wie ben ik dán? Is de echte weg en moet ik het met deze schaduw doen? Ineens voelt ze diepe bewondering voor de man van haar vriendin. Hij leeft hiermee. Deze angst vergezelt hem de hele dag. Dat houdt hij vol, dat verdraagt hij. Vroege dementie bestaat ook. Jacob? Vreesde hij dat? Voorkwam hij dat door een zwaai aan het stuur te geven, het gaspedaal in te trappen tot de bodem? Vragen waar dat rechercheteam geen antwoord op gaf. Gebrekkig en slordig onderzoek. De remmen van de auto waren in orde. Jacob had zichzelf zodanig weten te verpletteren dat het kennelijk geen zin had te zoeken naar minuscule bloedklontertjes in zijn hersenen. Het suïcidescenario hebben ze niet serieus genomen. Dat er geen antidepressiva in zijn bloed gedetecteerd waren, dat kreeg ik nog wel te horen. Waarom gaat niemand van zo'n team op onderzoek uit naar mogelijke aanleidingen om zelfmoord te plegen? Onverdraaglijke zaken in het persoonlijk leven of op werkgebied? 'De macht over het stuur verloren', daar kwamen ze mee. Ja, dat zal wel, maar hoe, en waarom? Ik blijf achter met onoplosbare tegenstellingen, met de drang om te weten enerzijds en angst daarvoor aan de andere kant. Ik ben woedend op hem en vlak daarna voel ik een gemis dat me uitholt. Is toch hopeloos, die dingen krijg je nooit bij elkaar.

In de spiegel ziet ze de oude vrouw haar hoofd schudden. O ja, tanden poetsen, langzaam en zorgvuldig. Blij zijn dat je je eigen tanden nog hebt en niet sjoemelen met de controleafspraken. Ragertjes, de elektrische borstel, dat zoemende kreng, erop zetten. Stap voor stap vereenzelvigt ze zich met haar spiegelbeeld. Die daar, die er nog best redelijk uitziet, dat ben ik, dertig jaar na het ongeluk. In een hectisch heden dat over het verleden heen is gaan liggen.

23.

Sinds de moeizaam verlopen avond van Erna's bezoek maakt Thomas een boetvaardige indruk. Hij vraagt Vronie of ze Erna nog heeft gezien, of ze contact hebben gehad over hoe dat etentje verliep, of ze denkt dat Erna boos op hem is, zal blijven? Wat hij behalve zijn excuusvisite met de bloemen nog meer zou kunnen doen?

Kijk hem nou, denkt Vronie, hij wil het echt goedmaken. Dan moet hij niet bij mij zijn maar bij Erna. En zich daar anders gedragen dan hij kennelijk heeft gedaan. Hij stelt zich wel erg aan, het lijkt wel of hij haar fysiek heeft aangevallen, door elkaar geschud, tegen de muur gezet. Hij vergeet ook dat het niet allemaal over hém gaat. Het probleem is toch dat er iemand is gestorven. Dat veroorzaakt rouw, een problematisch gespreksonderwerp waarbij je voorzichtig moet zijn en moet proberen aan te voelen hoe het voor de ander is. Heeft hij niet goed gedaan. Nou én? Is vervelend, is naar voor Erna, is misschien gênant voor mij. Meer niet, lijkt me. Of ben ik naïef? Ik begrijp natuurlijk niets van wetenschap, hoe bevlogen en nieuwsgierig wetenschappers kunnen zijn. In de ban van hun onderzoek. Dan vergeet je snel je gesprekstechniek, denk ik. Maar is dat zó erg? Thomas zag het wel in, hij had er spijt van en schaamde zich. Dan is het toch klaar? Ik snap niet waarom hij er nog steeds over zit te tobben.

'Weet je, Thomas, ik denk dat het een afgesloten hoofdstuk is. Laat het alsjeblieft los. Erna is heus wel ongepaste vragen gewend, ze wordt haar hele leven al ondervraagd over dingen waar ze het niet over wil hebben, dingen die de interviewer niets aangaan, soms heel grensoverschrijdend. Ik denk dat ze daar wel mee om kan gaan, ze laat dat geen invloed hebben op haar stemming. Nu was dat misschien een beetje anders omdat ze min of meer met mij bevriend is geraakt en jullie wilde leren kennen. Tegen een journalist kan ze zeggen dat hij zich met zijn eigen zaken moet bemoeien, uit een tv-programma kan ze in het ergste geval weglopen. Hier kon dat niet. Nou ja, ze liep eigenlijk wel weg. Jij bent je gaan excuseren en hebt denk ik je gedrag uitgelegd. Erna is niet iemand die eindeloos een wrok vasthoudt, dat heb ik zelf ondervonden. Dus houd ermee op!'

Thomas knikt maar blijft zorgelijk kijken. Vronie haalt haar schouders op. Wat kan ze nog meer zeggen? Ze is uitgepraat.

De volgende weken blijft de spanning in huis hangen. Vronie onttrekt zich er grotendeels aan omdat haar werk veel aandacht vraagt. Voor een meerdaagse cursus is ze even helemaal weg van het gezin. Ze leert bloed prikken en injecties geven en krijgt contact met collega's uit andere stadswijken. Tijdens de cursusdagen merkt ze dat er een last van haar is af gevallen en kan ze er niet onderuit dat de situatie thuis, met Thomas, haar zwaarder valt dan ze wil weten. Als ze na de laatste lesdag 's avonds bij haar eigen voordeur staat, haalt ze diep adem en recht ze haar rug. Het maakt haar kwaad. Het is toch niet míjn schuld dat hij zo bokkig, zo somber is? Geen ontkomen aan, hij leeft zijn ongenoegen uit op mij, op de kinderen. Alleen al door die hangende schouders, dat zuchten, die ontevreden kop.

'Wat is er toch met je?' vraagt ze hem laat op de avond, als de kinderen naar bed zijn. 'Zeg eens iets. Ik weet dat je ergens over tobt, ik voel het, al weken.'

Hij kijkt haar hulpeloos aan. 'Het heeft niets met jou te maken, Vroon. Iets op mijn werk. Je weet dat ik daar niets over kan vertellen. Zo is de afspraak.'

O, denkt Vronie, zo gaat dat dus. Opleven bij een belangrijke nieuwe verantwoordelijkheid en inzakken als die te zwaar blijkt. Heeft hij zichzelf overschat? Hij was blij met die baan, ik ook. Hoe kan het zo snel uit de hand lopen? Die veiligheidsdienst, of hoe je het noemen moet, lijkt de werknemers weinig veiligheid te bieden. Ze worden opgezadeld met kennelijk zeer moeilijke dilemma's die ze niet mogen delen met welke gesprekspartner dan ook uit hun echte leven.

'Ja, ik snap wel dat je niet met mij over je werk mag praten, maar als je het moeilijk krijgt met dat werk móét je toch met iemand kunnen overleggen? Een collega die ook aan die geheimhouding gebonden is en niets door zal kletsen bijvoorbeeld. Als je depressief wordt ga je naar een psychotherapeut. Die heeft beroepsgeheim. Dat is veilig. Qua inlichtingen. Of zie ik dat verkeerd? Iedereen heeft recht op gezondheidszorg. Jij ook.'

Ik draaf weer eens door. Hij ziet er steeds ongelukkiger uit. Volgens mij spui ik geen onzin. Toch lijk ik er niets van te snappen. Dat zuchten nu weer. Drinkt hij te veel? Wel wat meer dan vroeger, geloof ik. Moet ik in de gaten houden, echt.

'Op het werk kan je niet zomaar je inlichtingen met collega's delen. Het is "need to know", je mag alleen iets onthullen als dat voor het functioneren van de ander noodzakelijk is. Ik kan niet zomaar leeglopen bij een collega, alleen maar omdat ik een probleem met mijn eigen taak heb. Het is een verstandige maatregel, zo beschermen we elkaar.'

'Nou, lekker is dat. Dus iedereen moet dat voor zichzelf maar zien op te lossen. Je kan ze aanklagen voor slecht werkgeverschap! Zelfs ik heb bij dat flutbaantje van mij een supervisor, een vertrouwenspersoon en de mogelijkheid om snel een afspraak met een therapeut te krijgen. Dat hoort zo, tegenwoordig. Dat het in de kringen waar jij in verkeert anders toegaat lijkt me ouderwetse stoerdoenerij. Ik maak me daar kwaad over. En nog iets: toen je hieraan begon heb je tegen mij gezegd dat we het samen gingen doen. Samen of helemaal niet, weet je dat nog?'

Houd nu eens even je kop, denkt ze. Ik zit hem te overspoelen met verwijten en zorgen door elkaar heen. Daar kan hij natuurlijk niets mee. Bezorgdheid waarover? Zolang hij me niet kan zeggen wat hem dwarszit kan ik hem ook niet steunen en blijven we in algemeenheden hangen.

'Ja, dat weet ik nog heel goed,' zegt Thomas. 'Ook dat ik het fijn vond hoe jij reageerde. Ik wil niet hoeven kiezen tussen jou en de dienst. Ik zit ergens mee en zou het aan je willen vertellen. Dat mag niet, dat is niet verstandig, dat is verboden. Weet ik allemaal, maar nood breekt wet, misschien. Er is nog een andere reden waarom ik aarzel: ik ben erg bang om jou met mijn verhaal te belasten. Zo zit dat. Nu weet je het.'

Vronie gaat naast hem op de bank zitten en slaat haar armen om hem heen. Zo leunen ze zwijgend tegen elkaar aan, ieder met eigen gedachten, beiden onzeker of de grens zal worden geslecht.

24.

‘Hij is nu toch naar de dagbesteding,’ zegt Paulien. ‘Met zachte dwang en een beetje misleiding. Hij wordt om vijf uur teruggebracht met de taxi.’

‘Misleiding? Hoe bedoel je?’

‘De man, de verpleger die daar de leiding heeft, wist dat Kees veel kennis heeft van bomen en planten. Hij vroeg Kees of hij wilde helpen bij een tuinproject en de aanleg van een bos. Als u de mensen een beetje zou willen stimuleren, eens iets uitleggen of voordoen, het proces van de zijkant begeleiden – dat soort argumenten had hij. Het werkte. Na de eerste keer al kwam Kees opgewekter thuis.’

Erna kijkt ervan op. Volstrekt onethisch, denkt ze, maar wat moet je anders? Eigenlijk reken je erop dat het denkvermogen gestaag en rechtlijnig achteruitgaat, zodat je het verwijt dat je een bedrieger bent nooit te horen zal krijgen. Een kind dat allengs heftiger in Sinterklaas gaat geloven, zoiets.

‘Laten we gaan lopen, nu het nog kan. Of heb je geen zin?’

‘Jawel, heerlijk. De eerste keren dat Kees weg was ging ik

alleen maar op de bank liggen, urenlang. Ongestoord. Maar nu kom ik wel overeind.'

Erna rijdt naar een beukenbos een eind verderop. De brede paden kronkelen langs vijvers, over bruggetjes en langs een enkele boerderij. Steeds onder de uitbottende kronen van de reusachtige bomen.

'Hadrianus gaat definitief niet door,' zegt Paulien. 'Ik kan niet weg. Heel erg, maar het is onmogelijk. Ik vind het ellendig tegenover jou. Kan je niet iemand anders meenemen?'

Mijn vrienden, denkt Erna, die zijn al dood of liggen te creperen. Ik ben de enige die nog vooruitkomt. Onzinnig om daar trots op te zijn als ik ervoor moet betalen met eenzaamheid. Ik ben niet goed fris. Zelfmedelijden, dat is erg.

'Het is een leeftijdskwestie,' zegt ze na een tijd. 'Voor mijn gevoel, in mijn hoofd, heb ik goede vrienden. Het voelt of ik met alles bij ze terechtkan. Als ik dan naar de praktijk ga kijken? Mijn beste vriend is Hendrik, die ligt al een paar jaar in een ziekenhuisbed in z'n studeerkamer. Hij is helemaal verlamd en kan nauwelijks praten. Een jaar ouder dan ik. Ik ben blij dat hij er nog is en ik bezoek hem elke week om steeds weer te constateren dat we in verschillende werelden leven. We kunnen nog lachen samen, hoor, en praten over vroeger. Eerst had hij reguliere thuiszorg, vierkante dames met kort haar en bergschoenen, zei hij. Hij kon er niet tegen en kwam in opstand. Nu is er een collectief van studenten, jonge mensen die psychologie of medicijnen studeren. Hij ondervraagt ze over hun achtergrond en hun ambities, hun toekomstplannen. Dat leidt hem af en het verruimt zijn wereld. Ik ontmoet ze daar ook en ze komen op mij echt aardig over. Rustig, vriendelijk, betrokken maar niet té. De hele dag door is er iemand. 's Nachts doet Hendriks vrouw het, zolang ze het nog aandurft.'

'Binnenkort mag het niet meer, dat soort thuiszorgbedrijfjes,' weet Paulien. 'Die kinderen hebben geen verzorgendendiploma's van het mbo. Godgeklaagd is het.'

'Hopelijk maakt Hendrik dat niet meer mee. Mijn vriendin Jeanne kan ook niet lopen. Artrose overal, ze kan haar schouders niet bewegen en flikkert voortdurend wijnglazen tegen de grond. Ik heb haar laatst schitterende bokalen van plastic gegeven. Zij kan het trouwens met de thuiszorgmedewerkers uitstekend vinden, ze zetten haar graag als laatste op de avondlijst, dan kunnen ze langer bij haar blijven kletsen. Haar kinderen hebben haar in een prettige flat gezet na de dood van Wim, zodat ze niet alleen in dat kolossale huis hoefde te blijven. Wim was een geweldige collega, zonder kapsones en met humor. Elke dag schrijven zonder daar moeilijk over te doen. Na zijn kankerdiagnose was hij binnen een maand dood.'

'Je gaat toch niet alleen, Erna? Dat is echt niet verantwoord, in je eentje zo'n zwaar pad lopen. Op hele stukken heb je niet eens bereik met je telefoon. Moet je niet doen. Op onze leeftijd zou je jongere vrienden moeten hebben.'

'Ja, ja, vast en zeker. Die hondentrouw uit mijn jeugd zit me dwars, ik weet het. Jij hebt makkelijk praten, met je kinderen. Ik weet nergens van; als ik in een boek iemand van dertig opvoer moet ik urenlang onderzoek verrichten. Wat doen ze, waar luisteren ze naar, wat dragen ze? Ik heb laatst door een toeval wel een vrouw van zo'n jaar of veertig ontmoet. Vronie heet ze. Ze werkt in de thuiszorg, als zijinstromer. Groeiende bedrijfstak. Ze wandelt veel. Maar ze zal me zien aankomen als ik Hadrianus voorstel. Nee, dat zie ik niet gebeuren.'

'Je moet er toch eens over nadenken. Een weekend proeflopen met haar. Een overnachting. Beslissinkjes. Zien hoe dat gaat.'

Erna antwoordt niet. Het gesprek over haar zieke en gestorven vrienden heeft haar stil gemaakt. Waarom is ze zo fanatiek bezig om aan te tonen dat ze nog tot van alles in staat is, dat ze nog rationeel kan denken, nog greep heeft op haar leven? De tevredenheid daarover is tot uitdoven gedoemd, want het einde ligt vast. Ze zal, nu volkomen fit en actief, hoe dan ook ooit worden opgesloten. Een race naar de hel waar geen ontkomen aan is. Er zal een moment aanbreken dat zij terecht op een lijstje van de huisarts staat, dat er geen Vronie is om het lot af te wenden. Stapeling van ouderdomsklachten, zullen ze zeggen. Afname gezichtsvermogen. Valrisico. Vergeetachtigheid. Dan zal er een indicatie worden gesteld voor opname in het verpleeghuis. Een triagecommissie zal haar huis binnendringen en de zooi in ogenschouw, in overweging nemen. Ze zullen de indicatie bevestigen en Erna zal die met kracht bestrijden. U hebt recht op een advocaat, mevrouw Ankersmit, nu ons besluit door de rechter wordt getoetst. Dat zal haar worden meegedeeld. Weer een gevecht dat ze zal verliezen. Gaan ze haar dan met geweld een ambulance in sleuren? Wanneer zal ze breken en zich stilletjes huilend laten meevoeren naar een kleine kamer met treurige bruine meubels en een meter boekenplank? Vriendelijke verplegers die haar alles uit handen gaan nemen. Controleren of ze zich goed wast, haar gebit naar behoren verzorgt.

Alles in mij is in verzet, denkt ze. Mijn lichaam dat de jaren niet wil voelen en mijn geest die weigert vooruit te kijken. Mijn vrienden kunnen lijden aan de gruwelijkste neurologische ziektes, kunnen dementeren, sterven – ik blijf er in het verborgene van overtuigd dat het mij niet aangaat. Dat zoiets mij niet, nooit zal overkomen. Ik leef in een toestand van extreem bedrog. De omstanders gaan me bedriegen, dat is onvermijdelijk. Ze zullen me meenemen om ergens iets te gaan eten en me daarna naar een kamer in het verpleeghuis brengen die ze stiekem hebben ingericht met verkeerd gekozen meubels uit mijn huis. Dat heet een 'blinde verhuizing', vertelde Vronie. Zonder dat je er erg in hebt ben je ineens elders. Ideale manier van sterven eigenlijk, een heilzame leugen. Maar ik doe het zelf, ik negeer een onverdraaglijke toestand volkomen. Ik leef naast een geheim. Vreemd. Ik zie alles en wat doe ik daarmee? Mezelf bedriegen. Keihard. Onverbiddelijk.

25.

Ze ziet er niet goed uit, denkt Vronie als ze bij Erna aan de keukentafel zit.

'Hoe is het met je nieuwe boek, vlot dat een beetje?'

'Totaal niet,' zegt Erna. 'Ik word er somber van. Het is gezeur. Misschien mooi verwoord, maar het blijft gezeur. Dat krijg je als je over oude mensen schrijft. Die voelen zich uitgerangeerd en dat maakt ze kwaad. Ikzelf ook, hoor. Vroeger reisde ik overal rond om over m'n werk te vertellen en toen er een tijd aanbrak dat ik daar niet altijd meer zin in had, bleef ik toch in die wereld zitten omdat ik voor allerlei bestuurtjes gevraagd werd. Letterkundemuseum, literatuurfonds, dat soort instanties. Jury's voor literaire prijzen. Ik vond dat fijn, je bleef van alles op de hoogte zonder echt veel te hoeven doen. Ik kende iedereen die in zo'n organisatie werkte, een bestuur is bezig met de inhoud. Tegenwoordig hebben ze allemaal een raad van toezicht, dat is veel meer op een afstand. Gaat alleen maar over geld en cijfers, je hebt met de mensen niets meer te maken. Het besturen vond ik echt leuk, maar er kwam altijd een einde aan, je mag hoogstens twee keer vier jaar zitten. Als je zeventig bent moet je weg. Ik mis het. Nu houd ik erover op, het is ook oudemensengezeur, toch?'

'Ik begrijp het wel,' zegt Vronie bedachtzaam. 'Je kent die wereld goed en je hebt zoveel ervaring. Dan is het zuur als je wordt afgedankt. En moeilijk om er iets anders voor in de plaats te vinden.'

'Ik zit in de tuin te wroeten. Had ik vroeger geen tijd voor. En ik loop meer. Daar komt nu de klad in want mijn wandelvriendin heeft een man die ze niet alleen kan laten. We zouden naar Noord-Engeland, een dikke week. Misschien ga ik toch, hoor. Alleen.'

'Lijkt me geweldig,' zegt Vronie. 'Nou, niet in je eentje natuurlijk, maar zo'n hele week wandelen met niets anders aan je hoofd dan de route en wat je zoal tegenkomt. Als je alleen bent heb je niemand om daarover te praten. Zou je dat wel doen?'

'Ik weet het niet. Wat vind jij?'

'Ik zou wel met je mee willen, maar ik wil me niet opdringen. Eerlijk zeggen, hoor, als ik te ver ga.'

Wat doe ik nu? Is wel erg brutaal, mezelf zo uitnodigen. Vindt ze dat geen impertinente vraag? Als ik dat merk kan ik me met een smoes terugtrekken. Gezinsvakantie gepland. Geen vrije dagen meer. Wanneer leer ik toch eens mijn mond te houden.

Erna zucht. 'Ja, daar heb ik wel over nagedacht. We hebben samen al veel gelopen. Ongeveer hetzelfde tempo. Geen conversatiedwang. Dat zijn essentiële dingen. Maar je moet tegen elkaar wel durven zeggen wat je vindt. Zou dat lukken, denk je?'

Vronie schiet in de lach. Van opluchting, en ook een beetje van vreugde. Heerlijk, een week weg van huis en van de raadsels en problemen die aan dat huis verbonden zijn.

'Ik ga een langeafstandspad lopen. In Engeland. Met Erna.'

'O,' zegt Thomas. 'Hoe kom je daar nou bij?'

'De vriendin met wie ze dat altijd doet kan niet mee. Zieke man. En alles is al geboekt. In augustus. Het lijkt me fantastisch.'

'Ga je dan meer dan een week met die Erna op pad? Dat is lang, hoor. Weet je wel zeker of dat goed gaat?'

Jezus, heeft hij weer twijfels en bezwaren. Waarom kan hij het niet gewoon leuk vinden? Avontuurlijk. Wat is er nu weer?

'Ik denk dat het heel goed zal gaan. Ze heeft het vaak gedaan. Ze kan goed lopen. En ik vind haar een prettig mens.'

'Je kent haar nog nauwelijks. Je zit zo'n hele periode met haar opgescheept. Slaap je met haar op één kamer? Kan je daar tegen? Afspreken wie er eerst de badkamer in gaat, luisteren naar haar gesnurk? En hoe zit het met onze eigen vakantie?'

'Dat is in juli, dus geen probleem. Voor jou betekent het wel dat je een week alleen met de kinderen bent, maar dat gaat toch goed?'

Thomas kijkt moeilijk, alsof het een enorm offer is, denkt ze. Hij ging vroeger toch ook wel eens een week weg, voor een congres over kleine talen of een workshop poëzie vertalen in Berlijn of zo. Heb ik nooit een punt van gemaakt. Vond het eigenlijk wel gezellig, zo met z'n drieën. Altijd even wennen als hij terugkwam.

'Ja, dat zal wel gaan,' zegt Thomas met een strak gezicht. 'Jan werkt dan bij de supermarkt en Mina gaat ergens in augustus naar dat muziekkamp, geloof ik. Je hebt natuurlijk recht op vakantie. Ik maak me meer zorgen over hoe je dat met Erna voor elkaar krijgt zonder ruzie of ergernis.'

Recht op vakantie, denkt Vronie, wat een idiote uitspraak. Ik ga omdat ik wil gaan, met rechten of plichten heeft dat niets te maken. Wat wil ik dan van hem? Geen toestemming, dat zou onzinnig zijn. Hij vraagt niet eens waar we heen gaan! En dat gezeur over hotelkamers, hoe komt hij erop?

'Weet je, Thomas, lááť mij nou maar. Ik ken haar als iemand met wie je heel goed onenigheden en misverstanden kan uitpraten. En iemand die het je niet kwalijk neemt als je stil bent. Of te veel zegt. We kunnen het goed met elkaar vinden. Ik hoop dat dat voor jou voldoende is, wat geruststelling aangaat. Die praktische zorgen van jou slaan nergens op. Als het met z'n tweeën op een kamer niet gaat nemen we er een kamer bij. Als ze halverwege een etappe uitgeput raakt bellen we een taxi. Er zíjn geen problemen. Houd op met al die bezwaren en kijk niet zo afkeurend.'

Als ze 's avonds Mina komt instoppen en welterusten zeggen blijft ze even op de rand van het bed zitten.

'Ik ga deze zomer een grote wandeling maken, met Erna. Het is in de week dat jij op kamp gaat, ik heb het net opgezocht.'

'Leuk! Is het hier?'

'Het is in Engeland. We lopen van de ene zee naar de andere, dwars over het land. In zes dagen.'

'De Noordzee?'

'Ja, van de Noordzee naar de Atlantische Oceaan.'

'O, dat is stoer. Kan je dat wel?'

'Denk het wel. En Erna ook. Die doet zoiets wel vaker. Het pad gaat langs een muur. Een Romeinse keizer heeft die gebouwd, bijna tweeduizend jaar geleden. Er staan nog hele stukken van overeind.'

'Wat als jullie verdwalen?'

'Dat kan bijna niet, we lopen de hele tijd langs die muur.'

'Saai! Ik ga liever naar het muziekkamp.'

'Dat dacht ik ook toen ik zo oud was als jij. Dagen achter elkaar wandelen, ik moest er niet aan denken. Nu vind ik het juist heerlijk. Jij misschien ook, later.'

Mina trekt een vies gezicht. 'Denk het niet, hoor.'

'Wie weet verandert dat ooit, lieverd. Dan gaan we samen, als jij zover bent. Ik kan daar toch op hopen?'

Ze moeten allebei lachen. Vronie geeft haar dochter een kus en staat op. 'Morgen verder,' zegt ze.

26.

De zomer nadert. In het park schieten de groene bladeren uit de grond, uienbloemen noemden de kinderen ze, omdat ze een doordringende geur van uiensoep verspreiden. Jan heeft zijn vakken voor komend leerjaar gekozen, tot Vronies vreugde met zijn eigen interesses als leidraad. Geschiedenis, muziek, Grieks. In de weekenden werkt hij in een gigantische supermarkt als diepvriesmedewerker. In dikke trui, met ijsmuts, fietst hij 's morgens vroeg naar de winkel. Thuis vertelt hij hoe de mensen van verschillende afdelingen tegen elkaar worden uitgespeeld door de manager. Die roept elke week één afdeling uit tot kampioen en geeft ze een grote taart. Zo wordt Jan vanzelf trots op zijn groepje kleumende collega's en verontwaardigd als de watjes van de snoepafdeling weer eens in de prijzen vallen. Onderdrukking leidt tot eenheid, ziet Vronie. Net als bij de thuiszorg eigenlijk. Gelukkig heb ik daar meer regie en gaat het plezier in de omgang met cliënten boven de ergernis als er weer eens veel te lang vergaderd moet worden. Ik volg mijn zoon oplettend, bang dat hij zich laat beïnvloeden of overdonderen. Bij Mina voel ik die angst niet. Zij lijkt vrij ongevoelig voor het oordeel van anderen en gaat onbekommerd haar eigen weg. Hele middagen zit ze armbandjes te rijgen met een vriendin, en het kan haar niet schelen dat het een kinderachtige bezigheid is. Ze bereidt zich op een volwassen manier voor op haar muziekkamp, studeert alvast partijen in en luistert op YouTube naar strijkmuziek. Ze doet wat ze wil, zonder zorgen. Deed ik dat ook? Uiteindelijk wel, maar ik maakte me druk over eventuele afkeuring, ik voelde dat ik niet aan de verwachtingen van mijn ouders en leraren voldeed. Doodzonde, ik verpestte zelf de voldoening in mijn werk, die er toch echt wel was. Ik voel nu pas dat die zwabberende levensloop wel goed was. Het past bij mij, net als bij mijn dochter, die het godzijdank beter doet, niet zo schuldbeladen als ik vroeger was. Ik moet mijn zegeningen tellen, ze doet het ook probleemloos op het gymnasium. De mannen in dit gezin hebben zorgen, de vrouwen redden zich wel.

Hoofdschuddend loopt ze naar de keuken, bindt een schort voor, opent de ijskast.

Door de gedachten over Mina is ze minder bevangen en voelt ze zich vrijer om lucht te geven aan wat haar bezwaart. Wat kan me gebeuren, denkt ze, als ik Thomas onder druk zet om nu eens te vertellen wat er echt aan de hand is? Ik hoef nergens bang voor te zijn, hij is toch mijn man, mijn vriend. Wat zou daartussen kunnen komen? Hoogstens vindt hij me bemoeizuchtig, vindt hij mijn gedram onaangenaam. Nou én?

Op zaterdag ruimen ze het fietsenhok op. Dat moet gebeuren, het is dichtgegroeid met troep. Thomas sjouwt zwijgend vuilniszakken vol halflege verfblikken en vastgekoekte kwasten naar buiten. Vronie ordent de bloempotten op een hoge plank en gooit alles van plastic weg. Planken met houtworm, een emmer zonder hengsel, oude zakken met rozenmest – het moet allemaal de schuur uit, in eensgezindheid.

'Heb je ál die jampotten echt nodig?'

'De helft,' zegt Vronie. 'Dat is genoeg. Wie eet er nog jam bij ons? En de pruimenboom is bijna dood, daar hoeven we niets meer van te verwachten.'

Een aparte tas voor lege flessen, een plekje voor de fietspomp, een hoek voor bezem, schoffel en hark. Ze veegt de vloer aan als alles een vaste plaats heeft gekregen of buiten staat te wachten op verwijdering. Tevreden zit ze op de tuinbank. Thomas laadt de verfresten in de auto en komt bij haar zitten. Het heeft niets geholpen, denkt ze, hij ziet er nog even zorgelijk uit als voor de opruimactie. Ze legt haar hand op zijn bovenbeen.

'Wat is er toch met je, je bent al weken zo somber – kan je er iets over zeggen?'

Stilte. Er zijn zoveel verschillende stiltes, tevreden stilte die niet doorbroken hoeft te worden, dreigende stilte voor een uitbarsting, beloftevolle stilte die een bekentenis voorspelt. Nu zitten we in de apathische stilte die zo tergend lang kan duren. Er is ook nog de akelige stilte waar de schuld als een donderwolk boven hangt.

'Is het iets met mij waar je ongelukkig over bent? Al die avonddiensten? Ik kan het rooster wel proberen te veranderen als dat zo is.'

'Nee,' zegt Thomas. 'Jouw werk, dat is goed. Je hebt er voldoening in, dat zie ik wel. Het heeft met jou niets te maken.'

'Er is toch iets naars met jouw werk? Daar had je het laatst over. Ik dacht toen je begon dat je het echt interessant vond, en leuk, met nieuwe collega's.'

Thomas bukt zich en peutert aan de grassprieten tussen de tegels. Rukt ze eruit. Vronie kijkt naar zijn achterhoofd, naar de nek die in de overhemdkraag verdwijnt. Hij kreunt en richt zich weer op.

'Ja, er is iets op het werk waar ik geen raad mee weet. Iets persoonlijks. Het heeft wel met de dienst te maken. Ik mag het niet vertellen, dus. Dat weet je.'

'Ik weet het,' zegt Vronie. Ze kijkt voor zich uit, ze wil hem niet aankijken. Een breekbare stilte, deze.

'Maar omdat het iets persoonlijks is, iets van mij, uit mijn leven, ligt het misschien anders en kan ik het wel aan jou kwijt.' Hij kijkt om zich heen, naar de hagen die hun tuin scheiden van de buurtuinen. 'Laten we naar binnen gaan.'

Vronie volgt hem en doet de tuindeuren dicht. Binnen hangt de stilte nog onheilspellender, er is geen ontkomen aan. Ze zwijgt met moeite.

'Rusland,' zegt Thomas uiteindelijk. 'Dat is mijn gebied bij de dienst. Ligt voor de hand natuurlijk. Onderzoek naar subversieve groeperingen, hoe we daar informatie over krijgen. Ik heb toegang tot een archief dat voornamelijk gaat over de huidige situatie, maar ik ben ook in de geschiedenis gedoken. Hoefde niet, het was nieuwsgierigheid. En drang om volledig te zijn. Nu is alles op de computer te vinden, maar de oudere delen van het archief zijn nog niet gedigitaliseerd. Mappen en dozen met papieren. Onderzoeksverslagen, beleidsstukken, brieven. Een complete zooi aan informatie over inlichtingen die we kregen in de jaren negentig. Wie als informant werd benaderd en ingehuurd. Hoe hij, of soms zij, aan informatie kwam en wat hij rapporteerde.'

Waar gaat dit heen, denkt Vronie. Hij schendt zijn ambtsgeheim. Daar moet hij wel een zwaarwegende reden voor hebben. Wat wil hij nu eigenlijk aan mij kwijt?

'Ik stuitte op correspondentie over Georgië. Dat was in die tijd net zelfstandig geworden, los van Rusland. Het was chaotisch en Nederland wilde zicht krijgen op groepen die voor nog meer onrust zouden kunnen zorgen. Voor of tegen Rusland. Het ging vooral om de kans op gewelddadige acties. En om de organisatievorm. Soort en aantal aanhangers. Ik vertel het niet goed. Het komt erop neer dat ik verslagen en brieven aantrof van een rapporteur die ik kende in een heel andere functie. Toen ik zijn naam las schrok ik me rot. Ik geloofde het eerst niet. Maar het is waar. Hij was het.'

Thomas is steeds zachter gaan praten, Vronie heeft moeite hem te verstaan. Ze zegt niets en kijkt haar man vragend aan.

'Jacob. Het was Jacob Ankersmit.'

27.

Nu ze weet dat ze echt langs de muur van Hadrianus gaat lopen, met Vronie, kijkt Erna verlekkerd in haar wandelgids. De eenzame esdoorn staat in volle glorie op het omslag. Precies halverwege staat die dappere boom, in een kleine vallei. Aan beide kanten loopt het pad hoog over een bergkam. Uitzichten, denkt ze, leegte. Ik ga vast dingen klaarleggen in de werkkamer, daar kom ik toch nooit. Engelse stekker, waterfles, dagrugzakje. Vóór de tijd van het bagagevervoer droegen Paulien en ik alles op onze rug, onvoorstelbaar. We zochten de allerlichtste shirts en truien uit, zo weinig mogelijk kleding, toch kwamen we snel tot een kilo of tien, zelfs met half uitgeknepen tandpastatubes en hotelzeepjes. Toen we ouder werden kregen we onverklaarbare pijnen in onze heupen en akelige schaafwonden op de schouders. Nu pleuren we alles in een koffer, boeken, extra schoenen en haarborstels.

Ze opent haar klerenkast en bekijkt kritisch de stapels vestjes, T-shirts en truien. Ze pakt de wandelbroek en de sokken, vier paar. Regenpak, dat is ergens beneden, niet vergeten. Iets aardigs voor 's avonds. Hoe ouder je bent, hoe meer aandacht je aan je kleding zou moeten besteden. Oude vrouwen zien er snel viezig uit. Ongewassen truien met haren en huidschilfers erin. Rare broeken van wollen stof, die nooit naar de stomerij gaan. Je ziet gewoon dat de boel stinkt. Je moet mooie en dure kleren kopen, dingen die er goed blijven uitzien ook al draag je ze twintig jaar. Hetzelfde met schoenen. Nooit op de prijs letten en altijd op de kwaliteit. Ik wil niet zo'n verwaarloosde oude heks worden. Op tijd naar de kapper. Evengoed blij dat ik nooit m'n haar heb laten verven en om de drie weken die verraderlijke uitgroei moet laten bijkleuren. Ik heb veel over voor een schone en keurige verschijning, maar zoiets zou me te ver gaan. Shirts met lange mouwen, zeker drie stuks, en met korte, het kan warm weer zijn. Fleecetrui, wollen trui, onderbroeken, avondbroek. Vreemd dat ik nooit meer een rok draag. Vond ik vroeger wel prettig. Nu altijd dure jeans. Platte schoenen, maar wel met mooie pasvorm. Ze herinnert zich een oude dichteres met een smerige trui; die had van die Donald Duckschoenen met ronde neuzen aan. Ongewassen haar dat tegen haar schedel plakte. Wat heb ik toch bergen kritiek altijd, die vrouw trok zich nergens iets van aan en droeg de kleren waarin ze zich prettig voelde. Is eigenlijk niets op tegen. Wie weet zou ik me bevrijd voelen als ik dat ook durfde.

Ze heeft een oefenwandeling met Vronie gepland, twintig kilometer langs de rivier over grasdijken. Het is een etappe van een lang pad, ze neemt het gidsje mee. Vronie heeft een vroege ochtenddienst gehad die ze volvoerde met de wandelschoenen al aan. In stilte lopen ze de eerste kilometers. Het waait een beetje en het zonlicht spettert van de golfjes in het water.

'Over een week of zes gaan we al,' zegt Erna. 'Heb je er nog wel zin in?'

'Tuurlijk. Veel zin.' Het klinkt zwak.

'Vind je het lastig om je gezin in de steek te laten?'

'Nee, daar heb ik geen problemen mee. We gaan eerst nog met z'n vieren naar Terschelling. Daarna doen Jan en Mina hun eigen dingen. Ze zijn al best groot. Allebei een eigen telefoon ook.'

'Leuk,' vindt Erna, 'zo samen ergens naartoe gaan. Kamperen? Dat lijkt me heel bijzonder, huisje spelen onder die lappen.'

Vronie knikt maar zegt niets. Ze zal vermoeid zijn van haar werk.

'Ik ken dat eigenlijk niet, zo'n gezinsvakantie. Hoewel, ik ben wel eens mee geweest met een vriendinnetje, haar broertjes, haar ouders. Vond ik toch ongemakkelijk. Ik bleef een indringer.' Je gaat praten als de ander stil is, een vaak gebruikte truc van interviewers.

'Maar je eigen ouders dan, gingen die niet weg met jou?'

'Mijn ouders zijn gestorven toen ik vijf was. Ik ben opgegroeid bij mijn tante Branda, de zus van mijn vader. Met haar ben ik vaak op reis geweest, maar hoe je je gedraagt als je met z'n allen in een vreemd huis zit weet ik niet.'

Nu lijkt Vronie toch geïnteresseerd, ze vraagt hoe dat is gegaan, zo erg, je ouders verliezen als je zo klein bent.

'Ik logeerde al bij Branda,' legt Erna uit. 'Dat gebeurde

regelmatig als ze weg moesten. Mijn vader was cardioloog, hij ging zo nu en dan naar congressen. Hij moest een lezing houden in Zürich en mijn moeder wilde mee, dan konden ze nog een paar dagen daar blijven om in de bergen te wandelen. Ze kwamen nooit meer terug.'

'Wat was er gebeurd?'

'Klimmen. Ze gingen een bergpad lopen. Met een gids. De weg was niet echt gevaarlijk, heb ik later begrepen, wel boven langs een steile helling. Het dal tweehonderd meter in de diepte. Er was niets aan de hand geweest als er niet ineens een lawine van losse stenen naar beneden was gekomen. Ze zijn omlaaggestort, alle drie. Als je zo'n steen op je hoofd krijgt verlies je je evenwicht.'

'En alle drie dood, de gids ook?'

'Mijn moeder heeft nog een halve dag geleefd, in het ziekenhuis. Ja, ze zijn allemaal gestorven.'

Vronie is geschrokken en ze lopen een poosje zwijgend door, langs een weide waar een schapenkudde ronddoolt.

'Thomas heeft me wel verteld dat je ouders vroeg zijn gestorven, maar dat je zo klein was wist ik niet. Hoe was dat voor jou? Vertelde je tante het meteen?'

'Dat denk ik wel. Ik weet dat ik een tijdlang erg bang was dat zij ook dood zou gaan. Er was een nacht dat ik niet kon slapen en naar beneden ging, naar de keuken. Daar zat Branda aan tafel te huilen, recht voor zich uit, onstuitbaar. Ik dacht dat ik iets verkeerds had gedaan, iets heel erg slechts, al had ik er geen notie van wat het zou kunnen zijn. Ik vloog op haar af en beloofde dat ik het nooit meer zou doen, echt nooit meer. Had geen idee wat ik misdaan had, maar een huilende Branda moest wel te maken hebben met een verschrikkelijke fout. Zij was een vrij onaantastbaar persoon en bleef altijd kalm. Dat ze zich niet kon beheersen had ik nog nooit meegemaakt. Ik wist zeker dat het mijn schuld was.'

'Zo gaat dat met kinderen,' zegt Vronie. 'Ze kunnen niet anders, ze bekijken wat er gebeurt vanuit hun eigen gezichtspunt, ze staan altijd zelf centraal. Waarschijnlijk huilde ze om haar broer, denk je niet? Of om de zware verantwoordelijkheid – dat ze ineens een klein kind zou gaan opvoeden, bedoel ik.'

Ja, denkt Erna, dat zal vast het geval zijn geweest, maar eigenlijk gaat het daar niet om. Waarom was ik als kleuter al zo overtuigd van mijn schuld, aan wat dan ook? Waarom kan ik me dat schuldgevoel zo verpletterend herinneren en niet wat er toen verder gebeurde? Heeft Branda me op schoot genomen, gerustgesteld, iets uitgelegd? Dat weet ik niet meer. Dat ik de oorzaak was van alles wat er niet goed ging, dat weet ik wel.

De twee vrouwen lopen verder, ieder met haar eigen gedachten, op kleine afstand van elkaar, in hetzelfde tempo.

28.

De openhartigheid van Thomas heeft Vronie geen begrip of vrede gebracht. Integendeel, ze voelt zich onrustig, bang, zenuwachtig. Dat Jacob voor Nederland spioneerde is voor haar iets raadselachtigs, ze weet niet wat het betekent en hoe ze zich er een mening over moet vormen. In de dagen na de onthulling komt ze er bij Thomas op terug.

'Ik snap het wel,' zegt hij. 'Het was politiek gezien een onrustige tijd in het oosten van Europa. Ja, daar is altijd wel iets aan de hand, maar de ontwikkelingen in Rusland en de aangrenzende gebieden waren zeker belangrijk genoeg om goed in de gaten te houden. Buitenlandse Zaken had geen idee hoe dat verder zou gaan, de diplomatieke kanalen gaven natuurlijk wel informatie maar er was behoefte aan gegevens uit het volk zelf: ressentimenten, oplevingen van oude allianties, revolutionaire ideeën. Daar kom je alleen achter als je je echt tussen de mensen beweegt, in een voor hen aanvaardbare rol. Jacob hád zo'n rol, hij werd als linguïst gerespecteerd door de mensen in de dorpen waar hij neerstreek maar ook door de professoren en docenten aan de universiteit van Tbilisi. Zijn interesse en misschien zelfs liefde voor de cultuur en de taal waren niet geveinsd. Dat voelen ze. Hij kwam al jaren in die streken, hij had daar een geschiedenis. Voor de inlichtingendienst was hij een ideale rapporteur. En als je de omstandigheden uit die tijd tot je door laat dringen, begrijp je ook wel dat hij gevoelig was voor een verzoek om informatie te gaan leveren. Ik kan het hem niet kwalijk nemen, eigenlijk.'

Vronie heeft stil zitten luisteren. Ik ben het niet met hem eens, denkt ze. Het is verraad. Hij stond dicht bij die mensen. Vriendschappelijk. Hij liet ze geloven dat het hem om hun leven, hun taal ging. Maar stiekem schreef hij rapporten over hun staatsgevaarlijke ideeën, plannen en acties. Hij voer onder valse vlag. Thomas ziet dat nu hij ambtenaar is kennelijk anders. Of hij vindt dat er niets anders op zat, dat het moest gebeuren. Tegenover het vaderland? Kom nou, zo kan je toch niet denken?

'Ik vind het bedrog. Hij spiegelt zijn gastheren iets onwaars voor. Hij heeft zich voor het karretje van een achterdochtige regering laten spannen. Eerst slijmen met die mensen en ze vervolgens aangeven. Zou Erna daar iets van geweten hebben?'

'Je bent een warhoofd. Je begrijpt er niets van. Hij deed zijn plicht. Het zou me niet verbazen als hij het moeilijk heeft gevonden, maar het moest. Jacob had een goed verstand en kende de geschiedenis van dat gebied. Hij was in staat de samenhang te zien, afstand te bewaren, risico's af te wegen. Dit soort problemen zijn altijd lastig op te lossen. Of niet. Het komt erop neer dat er gevaar dreigt en iemand uit moet zoeken hoe groot de kans daarop is en uit welke hoek het zal komen. Of zijn vrouw op de hoogte was weet ik niet. Hij was tot geheimhouding verplicht, idealiter wist zij van niets.'

'Jij mag ook niets zeggen, en kijk nou eens wat je aan het doen bent!'

Thomas bloost. Een ongemakkelijk zwijgen. Er is geen afleiding, de kinderen slapen, de televisie is uitgezet en er gaat geen telefoon.

'Ja, dat klopt. Ik zit fout. En ik ben me er ook bewust van dat ik jou met een probleem opzadel. Je gaat binnenkort met Erna op stap en dan ken je een geheim van haar man waar zij hoogstwaarschijnlijk niets van weet. Dat kan pijnlijk zijn. Het spijt me.'

'Kán? Het ís pijnlijk. Meer dan pijnlijk. Ik voel me nu ook een verrader, tegenover haar. Die geheimhoudingsplicht van die dienst van jou is een besmettelijke ziekte. Hoe moet ik daar nou mee omgaan?'

'Jezus, Vroon, dat weet ik niet. Ik vind het óók ellendig. Hij was zo goed bevriend met die hoogleraar in Tbilisi, hij logeerde daar lange periodes, die man hielp hem met alles – literatuur, contacten, subsidies, noem maar op. Zijn dochter is ook linguïst, ze werkte mee aan Jacobs projecten en toen haar vader met pensioen ging volgde zij hem op. Jacob bleef in dat huis logeren, ook toen de vader gestorven was. Die dochter, Nona heet ze, zal nu in de zestig zijn. Een aardige vrouw, wat ik me herinner. Toen was ze heel jong natuurlijk. Het was allemaal heel gastvrij, heel huiselijk. Moeilijk voor te stellen dat Jacob over zulke factoren heen stapte toen hij de dienst een toezegging deed. Maar ik ben er zeker van dat hij daar goede redenen toe zag. Ik ga verder graven in die documenten. Of het relevant is voor de situatie nu weet ik niet, maar ik wil de historie goed in kaart brengen. Dat archief is een chaos, alles ligt door elkaar. Ik doe met mijn officiële taken een beetje rustig aan, zodat ik tijd heb om me in Jacob te verdiepen.'

'Je hebt zoveel bewondering voor die man dat je alles wat je aantreft goedpraat of bagatelliseert. Het ideaalbeeld mag niet worden besmeurd, zo is het toch?'

'Misschien,' zegt Thomas zacht. 'Wat een beroerde situatie. Je mag niets tegen Erna zeggen, beloof je dat?'

Vronie ziet Erna's gezicht voor zich, hoe daar een vleug van vreugde overheen trok toen ze over de Romeinse muur spraken. Ja, ik moet mijn mond houden, ik wil haar plezier niet bederven. De manier waarop zij aan haar dode man denkt niet aantasten of verpesten. Waarom heeft Thomas het verteld? Het was aan hém om z'n kop te houden, een dienstopdracht nog wel! Hij is niet geschikt voor dat vak als hij zich niet aan de regels kan houden. Hij legt mij een verbod op dat hij zelf overtreedt en nu moet ik kiezen – ben ik loyaal aan hem of aan Erna?

'Ik kan je van alles beloven, Thomas, maar je weet zelf hoe dat gaat. Toen jij ambtenaar werd heb je ook gezworen dat je je aan de regels zou houden. Je zal het gemeend hebben ook, we hebben het erover gehad. En dan verandert er iets, er komen zaken boven water die je van je stuk brengen, ingrijpen in je persoonlijke leven – voor je het weet doe je iets waarvan je gedacht hebt dat je het nooit zou doen. Dat kan mij toch ook overkomen? Dat gedonder met geheimen is een splijtzwam, het komt nu tussen ons en het tast mijn vriendschap, of wat het ook is, met Erna aan. Je had in therapie moeten gaan en niet moeten leeglopen tegen mij.'

Wat doe ik verontwaardigd. En hard. Schieten we niets mee op. Het gaat om onvermogen, bij hem om iets lastigs van zijn held te verdragen, bij mij om iets moeilijks over Erna's man te verzwijgen.

'Het is voor ons allebei niet te doen. Laten we maar een borrel nemen. We doen het samen, was de afspraak, toch?'

29.

De avond voor het vertrek pakt Erna het koffertje in. Handbagage, hebben ze afgesproken. Niet ongerust wachten bij een bagageband. Paulien raakte ooit haar koffer kwijt en zie die dan maar eens te laten bezorgen met al die wisselende overnachtingsadressen. Ook heeft het iets doelgerichts om meteen vanuit het vliegtuig naar de uitgang te lopen. Nu gaat het beginnen, dat gevoel.

Veel plastic zakken om verschillende zaken in onder te brengen. Handige dingen – de stekker, het kompas, de oplader –; ondergoed en sokken; schoenen voor in de avond. Een nagelschaartje is riskant, dat wordt vast geconfisqueerd. Liever dan maar van die kartonnen vijltjes. Wat heb je nodig voor je haar, je huid, je tanden? Iets tegen muggenbeten, een afschrikmiddel voor de muggen zelf, pleisters, die enge bandage voor mijn knie die ik ooit heb aangeschaft? Nee, dat is de goden verzoeken, ik zal geen blessures krijgen. Of moet dat ding juist mee om onheil af te weren? Ze propt het vleeskleurige hulpstuk in de zak met handige dingen. Zo. Klaar.

De wekker zetten. Voor de zekerheid ook die op haar telefoon. Ruim de tijd nemen. Ze zal met een taxi, besteld en bevestigd, naar het vliegveld rijden want het gedoe met bus en trein is haar te veel. Vronie wordt door Thomas gebracht. Erna mocht meerijden, ze wilden haar komen halen maar dat heeft ze afgeslagen. De gemeenschappelijke tocht moet op de luchthaven beginnen, daar zullen ze elkaar als twee zelfstandige eenheden ontmoeten, als de banden met achterblijvers zijn afgehandeld en doorgesneden.

Nu ligt ze wakker natuurlijk. Hoe kan je slapen aan de vooravond van zo'n grote onderbreking van de routine? Daar komt bij dat ze tijdens het drentelen en trappen open aflopen een vleug van pijn dacht te voelen. Rechterknie. Geen aandacht aan besteden, morgenochtend is het weg en anders loop ik het eruit. De meeste klachten gaan vanzelf over, dat weet iedereen. Maar geloof ik het ook?

Het geratel van de twee wekkers is het volgende dat tot haar doordringt. De nacht is voorbij. Nu heb ik er zin in, denkt ze. Alles is geregeld, de buurvrouw zal de post opstapelen en zo nu en dan de planten water geven. Haar schriften en papieren heeft ze opgeborgen in een lade. De koffer staat bij de deur, de schoenen heeft ze aangetrokken en de reisbescheiden zitten in het dagrugzakje.

Vliegen is wachten. Op de veiligheidscontrole, op de aankondiging van de gate, op het begin van de boarding. Het is niet erg, vindt Erna, het is wel rustig eigenlijk, die trage verplaatsingen van de ene stoel naar de andere. Vronie haalt bekers koffie en Erna kijkt even rond in de boekwinkel. Altijd onopvallend speuren of er ergens een boek van haar ligt, ja, haar laatste ligt op tafel, weliswaar tussen sentimentele bekentenisromans en vlak bij de kookboeken, maar toch. Bij de detectives aarzelt ze. Iets kopen voor Vronie? Die houdt van dat genre, dat weet ze. Die boeken vormen een leerschool voor het bedenken van een plot. Als je soms ook nog vreugde hebt van de stijl is dat een bonus, een meevaller. Banville, Atkinson, Barbara Vine. Die heeft ze gelezen en bewaard. Kan je met plezier herlezen na een paar jaar. De andere soort, de vliegtuiglectuur, laat ze meestal achter in boekenkastjes op straat. Waardeloze stijl, denkt ze dan, maar op de achtergrond speelt een ongeruste ergernis. Ze kan de vele afkortingen van Amerikaanse politieafdelingen niet onthouden en raakt in de war als het aantal personen toeneemt. Geen Connelly meer, geen Burke. Lee Child is al niet meer te doen sinds hij er een hulpschrijver bij heeft genomen. Die auteurs hebben allang zoveel geld binnengesleept dat publicatie van iets nieuws helemaal niet meer nodig is. Toch elk jaar weer een nieuw boek – waarom? IJdelheid, denkt ze met verachting. Ze willen mee blijven tellen, hun naam mag niet worden vergeten, dus persen ze er steeds weer een nieuw verhaal uit. Plotschema maken, drie maanden tikken, klaar.

Vronie staat naast haar. 'Kijk eens wat leuk, ik heb het meteen gekocht!'

Ze heeft een piepklein boekje in haar handen; als je het openklapt verschijnt er één complete bladspiegel. Het is een wat oudere roman van Erna, een ziekenhuisplot. Gaat ze die lezen nu ze samen op reis zijn? Toch wat ongemakkelijk, 's avonds in de kamer, Vronie verdiept in het dwarsliggerboekje. Ik zou toch in de gaten houden of het haar echt boeit, me afvragen in welke passage ze bezig is. Kom op zeg, daar moet ik maar overheen stappen. Laat haar lezen wat ze wil. Toch schaft ze nog snel een thriller van Nesser aan als haar oog daarop valt. Een vertaling natuurlijk, uit het Zweeds, maar hij is een goede schrijver. Als ze bij de gate zitten te wachten op hun beurt om het vliegtuig in te gaan, geeft ze Vronie het boek. 'Prachtige plot,' zegt ze. 'Je zal het vast de moeite waard vinden. Over een vrouw die haar man vermoordt.'

Vronie kijkt haar ontzet aan maar stopt het boek in haar rugzak. Dit is nog maar het begin van onze reis, denkt Erna. Ik ga mijn gevoeligheden hier achterlaten en zodra we in de lucht zijn trek ik me nergens meer iets van aan.

Het hotel is een ballentent hoog boven de oever van de Tyne. In heel Newcastle is geen rest van de muur te zien, ja, misschien in het museum maar dat is vandaag dicht.

'Hij had toch geen muur nodig met zo'n brede rivier als verdedigingslinie,' zegt Vronie.

'Die was er wel, maar de stad is eroverheen gebouwd. Opgraven kan niet zonder de hele boel af te breken.'

Wat zeg ik nu, denkt Erna. Het lijkt wel of ik een cultuurgoed, een verticale manier van denken afkeur. De psychoanalyse als archeologie. Wil je bij de basisconflicten en trauma's komen, moet je alles wat daarboven is opgericht vernielen. Goedbeschouwd is dat mishandeling. De bovenbouw stelt je in staat om je te handhaven, net zoals de inwoners van deze stad. Wie zou ik zijn als ik die kwijt was? Zo lekker is die archeologische onderbouw van mij niet, met dode ouders en een vroeg omgekomen man. Zonder kinderen. Als mij het schrijven wordt afgepakt ben ik een zwaar gehandicapt mens, lijkt me. Ook deze gedachten moet ik er maar uit lopen, net als die zeurende pijn in mijn knie. Gaat makkelijk, hier.

Ze stappen voort over de brede voetgangersstraat langs de rivier en kijken naar de imposante bruggen, naar de schepen en zeiljachten op het water, naar de slenterende Engelsen met hun honden. Engeland, denkt ze, het is nu zo lastig om er toegelaten te worden – de grensbeambten vragen je de persoonlijkste dingen, ze keuren je openlijk op deugdelijkheid – maar het is zo de moeite waard. Zo'n stad waar 's avonds de meisjes buiten in de vrieskou met blote armen staan te roken, de vergane glorie van het hotel met een groot portret van Diana in de lobby, het ontbijt met eieren en spek. En dan moet het platteland nog komen!

Gisteravond bekeken ze de etappe van vandaag, de rivier volgend met allengs schaarser wordende bebouwing. Kantoren wijken voor roeiverenigingen en jeugdkampementen. Gras. Bomen. Aan de randen van de stad gekraakte, in felle kleuren geverfde huizen met protestborden tegen de gevels. Ze laten alle reuring en ophef achter zich als de stenen plaatsmaken voor een graspad. Vronie loopt voorop en Erna vindt het fijn dat ze geen dwang voelt om voortdurend naast elkaar te lopen. We zeggen het wel als er iets te bespreken is. Wederzijds. Zoals je zou doen als je met je dochter liep.

30.

Op het werk loop ik ook veel, denkt Vronie, maar dat is altijd ergens heen, naar een doel. Wat we nu doen gaat om het lopen zelf. Daarom is het niet erg dat het eerste deel van het pad vooral rechtuit langs een verkeersweg voert. De muur ligt daaronder. Als ze zo nu en dan even het land in worden geleid zijn de eerste Romeinse brokstukken te zien, een lage muur langs een dorpsparkje, het fundament van een wachttoren aan de rand van een bosje. Zolang er weinig bijzonders opduikt is ze alleen met haar gedachten. Die gaan over de eenzaamheid van Erna. Ik zit het maar in te vullen, denkt ze, ik weet helemaal niet of zij zich eenzaam voelt. Hangt toch af van wie je in je hoofd meedraagt. Heb ik eigenlijk geen idee van. Opgegroeid bij een vrij stijve tante. Enig kind. Geen man in huis. Ze is nieuwsgierig naar ons gezinsleven, dat merk ik wel. Ze heeft Mina lief ontvangen en liet zich door haar interviewen voor het beroepenproject. Mina kwam er opgewonden van thuis en schijnt er op school bevlogen over te hebben gesproken. Ik denk dat Erna eenzaam is omdat ik zelf echt nooit alleen ben geweest. Kijk haar nu lopen, vlot tempo, een rug als van een vrouw van veertig. Trekt ze een beetje met haar rechterbeen? Misschien iets in haar schoen gevallen? Straks vragen. Vanavond ga ik Thomas bellen. Ergens buiten is het beste, zodat Erna het niet hoort. Er is vast iets aan de hand, dat hij me vanochtend een berichtje stuurde. Hij móést me spreken, met de kinderen alles in orde – dat betekent dat er iets is met hemzelf. God weet wat hij nu weer ontdekt heeft. Wat het ook is, ik wil het niet weten. Het is nu al zo'n warboel in mijn hoofd. Moet steeds maar denken aan Erna's huwelijk en ik vraag me af of ik haar moet vertellen wat Thomas heeft opgespoord. Eigenlijk is het mijn zaak niet, maar het neemt me wel in beslag. Iemand, ik weet niet meer wie, zei me een keer dat je wat je dwarszit moet bespreken, dan is het tenminste gezegd. Ga ik straks daar in de berm naast Erna zitten, boterham uit de rugzak pakken, vertellen dat haar man een spion was? Ben ik dan opgelucht of juist beroerd? Als zij het al weet is het voor haar misschien niet onprettig. Als ze het niet weet is het een bom. Die ik gooi. Ik zou haar willen beschermen. Doe ik dat door met haar te praten of juist door te zwijgen?

Erna wacht op het pad en wijst naar het zuiden. Daar ligt een rechthoek van grijze stenen, de plattegrond van een ommuurde zaal met drie rechtopstaande gebeeldhouwde platen tegen de achterwand. 'Een Mithrastempel. Zullen we even kijken en daar gaan zitten?'

Vanaf het graswalletje waar ze neerstrijken overzien ze het voormalig heiligdom.

'Er moet een bron zijn, daar binnen. Het ging allemaal over aarde, water en vuur in die godsdienst. Mithras was wel een sympathieke god, hij vond dat mensen zich aan hun beloftes moesten houden en was een groot voorstander van goede relaties en rechtvaardigheid. Prettig, vind ik.'

'Ik weet er niets van,' zegt Vronie. 'Waarom ligt het hier?'

'Het was enorm populair onder soldaten. Een geheimzinnige religie. Wie erbij hoorde had vreemde toegangsproeven doorstaan en mocht niets vertellen over de bijeenkomsten. Echte jongensmystiek. Je moet je muren voorstellen boven op die rechthoek. Zonder ramen. Een dak. Binnen pikdonker, met fakkels of zo. Ze denken dat er in de eredienst een stier werd geslacht. Die aten ze daarna samen op, dicht op elkaar in het tempeltje. Misschien werden ze eerst nog gedoopt met stierenbloed, soldaten die hier werkten en woonden.'

Het lijkt Vronie wel een goede vrijetijdsbesteding voor de mannen, beter dan dronkenschap en vechtpartijen. Maar wat deden de vrouwen? Die kwamen er hier niet aan te pas, leest ze in haar gidsje.

'Hadrianus was ruimhartig wat religie betreft,' zegt Erna voor zich heen. 'Wat een tijd. Geen godsdienstoorlogen. Heeft maar een paar eeuwen geduurd, toen werd het christendom verplicht en begon het gelazer. Hadrianus wilde dat de grens werd bewaakt maar niet gesloten, er moest handel worden gedreven. Het maakte hem niets uit wat zijn onderdanen geloofden. Hij liet ze hun gang gaan.'

Vronie staat op en loopt het tempeltje in. Geen zichtbare bron, wel een grote waterplas in het midden. De drie stenen bij de achterwand zijn zo verweerd dat ze niet kan zien wat erop staat. Eén is doorboord, er valt licht door de gaten. De god van het juiste gedrag, denkt ze, en van de geheimhouding. Precies de god die ik nu zoek.

Als ze weer naast Erna zit, kijken ze wat de hotelhouder in hun lunchpakket heeft gestopt, dat is altijd een vrolijke verrassing. Chips, chocola, boterhammen met spek en sla, mierzoete drank in plastic flesjes. Erna opent haar waterfles en wil een beker vullen. Gaat niet goed, de helft komt op de grond terecht.

'Doe jij het maar, het lijkt of ik het niet goed kan zien en dan giet ik ernaast.'

'Heb je dat al vaker gehad?'

Erna schudt van nee. Ze lijkt niet erg geschrokken. 'Misschien door het felle licht,' zegt ze. 'Mijn ogen moeten daaraan wennen.'

Vronie reikt haar een beker aan, maar dat ziet Erna pas als hij vanaf de andere kant naar haar toe komt. 'Dank je wel,' zegt ze blij.

's Avonds, na het eten in de plaatselijke pub, belt ze met Thomas. Erna ligt in bad, Vronie drentelt buiten over de weg.

'Het is veel erger dan ik dacht,' zegt Thomas. 'Hij had een verhouding met die dochter, jarenlang. Een geheim leven! Ze heeft een kind van hem gekregen. Een jongetje!'

Waarom moet ik dat weten, denkt Vronie, wat moet ik ermee? Was alles maar verborgen gebleven. Ik kan niet goed denken. Wat een ellende.

'Je moet ophouden met dat speuren in oude dossiers.

Haal die papieren door de versnipperaar, het is jouw zaak niet!'

'Ik weet me geen raad, Vroon.'

'Maar ik heb geen antwoord voor je. Ga praten met iemand die er iets van weet, een gepensioneerde werknemer, een voormalige directeur, weet ik het. Het is jou duidelijk te veel, dus je moet het delen. Niet met mij! En kennelijk kan het ook niet met een collega die nog actief is. Een oud-medewerker voelt zich misschien vrijer.'

Stilte aan de andere kant. Dan: 'Ja. Misschien moet ik dat doen.'

31.

Gewikkeld in een enorme handdoek staat Erna uit het raam te kijken. Ze ziet Vronie heen en weer lopen met de telefoon aan haar oor. Het oogt niet als een prettig gesprek. Moet wel Thomas zijn met wie ze spreekt; met Jan of Mina zou het er beslist anders uitzien. Misschien is hij kwaad, verdraagt hij het slecht dat zijn vrouw vakantie houdt zonder hem. Hij zou blij moeten zijn, Vronie lijkt het naar haar zin te hebben. In Engeland is alles anders en zij bekijkt dat met opgewekte verwondering. Gisteren sliepen ze in een klein dorp dat eigendom was van één vrouw. Iedereen die daar woonde was haar huurder en alle boeren rondom hadden het land van haar in pacht. De vrouw zelf paradeerde 's morgens vroeg op een kolossaal paard door de kromme straatjes. Ook het interieur van de huizen waar ze in terechtkwamen baarde vrolijk opzien. De theepotten in de vorm van spugende katten, de schoteltjes en gehaakte kleedjes waar glazen en kopjes op werden gezet, de gebreide mutsen om wc-rollen in te verbergen, de ongelooflijke hoeveelheid troep en rommel die overal permanent lag opgestapeld – het was allemaal reden tot vreugde.

Erna glimlacht. Het is goed dat ze zijn gegaan, al gaan haar gedachten regelmatig uit naar Paulien en haar uitzichtloze situatie. De knie lijkt het te houden al is de pijn niet helemaal weg. Morgen toch maar dat akelige hulpstuk aandoen? Het zal een zware etappe worden, voor het eerst hoog over de bergrug, met de muur voortdurend aan hun rechterhand. Ze zullen uiteindelijk aankomen bij het beroemde hotel tegenover de eenzame esdoorn. Onderweg passeren ze een compleet blootgelegd Romeins fort, met kamers, graanschuren en een latrine.

De volgende ochtend staat er een ferme oostenwind die de haren uit hun gezichten blaast. Erna denkt aan het boek waarin ze zo vastloopt. Het landschap verstoort haar gedachten niet, integendeel, ze kan zich door het wandelritme beter concentreren dan thuis aan haar keukentafel. Die oude man over wie ze schrijft kan niets meer en hij vindt niemand de moeite waard om een gesprek mee te voeren. Prikkels van buiten komen er nauwelijks, hij is veroordeeld tot zijn geheugen. En tot zijn dromen. Nooit een droom beschrijven in een roman, dat heeft ze ooit ergens gelezen. Elke droom betekent een verloren lezer. Ze snuift. Het is tijd om dit soort wijsheden achter me te laten, denkt ze, waar halen mensen het vandaan? Er zijn dromen die je een leven lang bijblijven, soms tot je afgrijzen maar ook wel eens als een stevige steun. En zulke dromen zou ik dan voor mijn hoofdpersoon niet mogen verzinnen? Een droom verdient respect, het is een boodschap aan jezelf waar je wakend niet aan toekomt. Of durft te komen. Je mag een droom niet afdoen als een ondeugdelijke literaire techniek maar je kan hem gebruiken om iets over je personage te vertellen. Iets wat het personage zelf nog niet weet. Eigenlijk juist wel prettig voor de lezer. De arrogantie, het onbenul waarmee zo'n zogenaamde waarheid de wereld in wordt geslingerd! En dan heb ik het nog niet eens over het voorspellende, waarschuwende aspect van een enkele, memorabele droom. Beschrijft Herodotus niet ergens een koning die droomt dat zijn dochter zijn rijk, heel Klein-Azië, onder plast? Het jaagt hem zozeer angst aan, deze voorspelling dat hij zijn imperium zal verliezen aan iets wat uit de schoot van zijn kind voortkomt, dat hij haar zoontje wil vermoorden. Het mededogen van de herder die het kind in de bergen moet leggen om het door wilde dieren te laten opvreten redt de jongen, die later de grote koning Cyrus zal worden, heerser over het enorme Perzische Rijk. Een leerzame droom waar mensen vijfhonderd jaar voor onze jaartelling al geen genoeg van konden krijgen. Herodotus is gek op dromen. Toch raakt hij zijn lezers niet kwijt, hij wordt tot op de dag van vandaag gelezen, zelfs door zo'n stel bejaarden in onze maandelijkse leesclub. Ze voelt dat ze steviger op de aarde stampt, alsof ze haar gelijk over het belang van dromen met haar voeten wil bekrachtigen. Onwillekeurig knikt ze bevestigend met haar hoofd. Wat heb ik zelf toe te voegen, vraagt ze zich af, aan welke droom heb ik het meeste gehad? Jaren geleden droomde ik – ik lag nog naast Jacob, dat weet ik zeker – dat ik een brief had gekregen waar een kartonnen kaart in zat, hij zag eruit als een ouderwetse ponskaart. Het was een bevel om vroeg in de ochtend van de volgende dag naar een parkeerplaats te komen waar ik zou worden doodgemaakt. Ik vond het gruwelijk maar stapte in de auto, die rode deux-chevaux die ik toen had. Het werd steeds drukker op de weg, ik zag nerveuze automobilisten met vertrokken gezichten, sommigen met de ponskaart tussen hun tanden. In de verte doemde de parkeerplaats op. Er stonden hoge hekken omheen en de toegang werd bewaakt door soldaten met geweren. De zon was door de wolken gebroken en ik zag een lange rij auto's voor de ingang staan. Steeds angstiger en bezwaarder voelde ik me. Het feit dat ik niet alleen was met de onheilspellende oproep gaf me geen enkele troost. Toen gebeurde er iets wonderbaarlijks, iets wat volstrekt nieuw voor me was. Ik dacht: omdraaien, de kaart weggooien, niet meedoen. Realiseerde ik me dat het een droom was? Dat geloof ik niet. Het was een gedroomde werkelijkheid. De meest bevrijdende gedachte die ik ooit heb gehad, dat was het. Hijgend van opluchting werd ik wakker, ik wilde Jacob aanstoten en vertellen wat ik had meegemaakt. Dat deed ik niet. Ik ben opgestaan en bleef de hele dag onder invloed van de droom, die ik sindsdien nooit ben vergeten. Ik weet nog hoe die hekken eruitzagen, hoe hoog ze waren! De boodschap die ik mezelf stuurde is me sindsdien tot steun geweest. Ik heb ernaar gehandeld. Je kan je eigen weg kiezen, je kan weigeren, je kan omkeren en wegrijden. Ik besefte wel dat het niet altijd zo is, niet voor iedereen, niet in alle omstandigheden. Sommige zaken zijn, waren, onontkoombaar, dat weet ik nu. Maar toch. Bevrijding. Het zou idioot zijn als ik zo'n droom niet zou mogen opschrijven. Lijkt me een verrijking voor elke lezer. Niet meedoen. Voorschriften en opdrachten in de prullenmand smijten. Ja.

Vronie loopt zo'n dertig meter voorop. Stevig tempo, kordate passen. Het pad voert vlak langs de muur, die hier wel anderhalve meter hoog is. Erna neemt de tijd om goed naar de stenen te kijken. Vol kleurige vlekken zitten die – korstmossen? Verschillende tinten groen en roze, bijna rood. Ze beschouwt ze aandachtig, met bewondering. Even geen zorgen over pijn en onvermogen, alleen maar doorlopen met de warmte van de zon in haar rug en de ijskoude wind in haar gezicht.

32.

Vronie daalt af naar de eenzame esdoorn en gaat daar zitten wachten op Erna. Het duurt lang, maar dat vindt ze niet erg. Er scharrelen wandelaars rond, vooral degenen die hun auto's beneden langs de weg hebben geparkeerd en nu een stukje van de muur bezoeken. Bijna allemaal hebben ze een hond bij zich, ziet ze verbaasd. Soms wel twee. De boom staat er onaangedaan bij in zijn vallei. Hij heeft storm, regen en vorst doorstaan. Ze houdt nu het neerkomende pad goed in de gaten, het lijkt niet zo steil maar dat is het wel. Ook liggen er hier en daar stenen op. Aan de top van de helling ziet ze Erna verschijnen, die langzaam en aarzelend koers zet naar beneden. Ze zou stokken moeten gebruiken, denkt Vronie. Haar evenwicht lijkt wankel en het ziet er gevaarlijk uit.

Dan zitten ze eindelijk bij elkaar, elk op een steen. Vronie pakt etenswaren uit haar rugzak. 'Gaat het?'

'Matig,' zegt Erna. 'Ik heb het idee dat ik de grond niet goed zie, hoe ver die van me af is, bedoel ik. Maar ik vind het schitterend vandaag. En nu zijn we er!' Ze wijst naar de herberg die ver in de diepte aan het weggetje ligt. 'Dat dorpje heet "Twice Brewed", snap jij het?'

Vronie geeft Erna een halve chocoladereep. Suiker, dat is goed voor het laatste eindje. 'Zal wel iets met lokaal bier te maken hebben. Daar heb ik nu wel zin in.'

In de hal van het hotel staat een kist vol hondenvoer waar de gasten vrij uit kunnen putten. De honden mogen ook mee naar binnen en krijgen grote bakken water. De koffertjes staan al boven op hun kamer.

'Ga jij maar eerst,' zegt Erna. 'Ik ga even liggen.'

Als Vronie de badkamer uit komt is Erna in slaap gevallen. Het is moeilijk om haar wakker te krijgen en als dat lukt lijkt ze even niet te weten waar ze is. Langzaam, denkt Vronie, ze moet eerst overeind gaan zitten, de kamer in zich opnemen, opstaan en spullen uit haar koffer pakken. Ze legt Erna uit hoe de douche hier werkt, dat is in elk hotel weer anders en eist gedegen onderzoek. Met haar telefoon op schoot wacht ze tot Erna klaar is. Gekletter van het water, gestommel, iets wat op de grond valt. Dan gaat de deur open, gelukkig. Is ze een beetje opgeknapt?

'Borreltijd,' zegt Erna. Ze gaan naar beneden en bestellen bier. Op de flesjes staat een plaatje van de esdoorn. Ze eten chips, ze bestellen calorierijk eten en observeren de aanwezige gasten en hun honden. De bedienende jongen is vriendelijk. Hij vraagt waar ze vandaan komen en hoe ver ze vandaag gewandeld hebben. Hij is nauwelijks ouder dan Jan, denkt Vronie, een kind nog.

In de nacht schrikt ze op van een vreemd, raspend geluid. Het komt uit Erna, die moeilijk en worstelend ademt. Vronie doet een lampje aan en buigt zich over haar vriendin. Ze ziet bleek, haast grauw. Voorzichtig aan de schouders schudden, zacht haar naam zeggen, haar smeken wakker te worden. Het duurt lang, maar uiteindelijk gaan Erna's ogen open. Ze prevelt iets onverstaanbaars en grijpt naar haar hoofd.

'Heb je hoofdpijn? Migraine?'

'Nooit zo erg gehad. Niet te verdragen.'

'Moet je braken?' Vronie kijkt rond naar een bakje of een schaal. Ze staat op om het plastic vuilnisbakje uit de badkamer te halen. Dat zet ze naast Erna's bed. Nat washandje tegen haar voorhoofd leggen? Pillen, heb ik ergens iets tegen hoofdpijn? Ze zoekt in haar koffer, kijk eens, die heerlijke loeisterke Franse pillen! Met een glas water in haar hand gaat ze op de rand van het bed zitten. 'Deze moet je doorslikken. Ik til je hoofd even omhoog.'

Dan ligt Erna weer als een dode tegen het kussen. Vronie blijft bij haar zitten. Na een tijdje begint Erna te kreunen, steeds sterker, tot ze het uitgilt van de pijn. Een dokter, denkt Vronie. Ik moet hulp halen.

'Ik ga even naar beneden, kijken of er een dokter te bereiken is.' Ze staat al.

In de pub zit niemand meer, maar gelukkig is de barkeeper nog op zijn post. Hij schudt mismoedig zijn hoofd op Vronies vraag of er een arts is in het dorpje.

'Nee, die hebben we hier niet. In Hexham zit er een, maar ik weet niet of die op dit uur zijn bed uit komt. Voor een echt ziekenhuis moet je helemaal naar Carlisle.'

'Zou iemand van de gasten toevallig arts zijn?' Zou toch kunnen, ze ziet het meteen voor zich, een dokter die een paar dagen vrij heeft en met zijn hond langs de muur loopt en nu heerlijk ligt te slapen, onwetend dat zij hem straks uit zijn bed gaat halen. De barkeeper heeft het hotelregister erbij gepakt en schuift met een vinger langs de lijst.

'Ja, hier staat "doctor", kamer zeven!' Hij gaat met Vronie naar boven, ze kloppen op de deur. Nog een keer. Dan horen ze geschuifel en steekt een slaperige man zijn kale hoofd om de hoek. De barman legt het probleem uit en de man moet lachen. Hij is doctor in de archeologie, zegt hij. Geen verstand van hoofdpijn. 'Mijn vrouw, daar hebt u meer aan. Zij is general practitioner!'

Dat betekent huisarts, weet Vronie, dat is goed. De man sloft naar binnen om zijn vrouw te halen. Ze ziet er niet uit, met plat-geslapen haar en een blauw oog. Ik zit in een film, denkt Vronie, dit geloof je toch niet. De vrouw begrijpt wel meteen waar het om gaat. Ze schuift haar voeten in paarse pantoffels en gaat mee.

Erna lijkt weer te slapen maar ontwaakt als Vronie haar toespreekt. De dokter, in haar nachthemd, vraagt naar de pijn, voelt haar pols en kijkt nauwlettend naar haar ogen.

'Volgt u mijn vinger?' Ze beweegt haar hand met opgestoken wijsvinger voor Erna's gezicht. Het is onduidelijk of Erna de bewegingen werkelijk kan volgen. Ze is ook zo moe, zo uitgeput, van het wandelen en van de pijn.

'Ik weet het niet,' zegt de dokter. 'Afwachten hoe het morgen is. Als het niet verbetert moet u naar Hexham. Daar is een gezondheidscentrum. In elk geval niet verder wandelen. Uitrusten.'

Vronie bedankt het echtpaar. Waar zou ze dat blauwe oog hebben opgelopen? Hij lijkt me niet in staat haar een beuk te verkopen. Misschien is ze echt tegen een deur op gelopen. Erna slaapt rustiger, de Franse pil doet kennelijk zijn werk.

Vronie gaat ook in bed liggen. Luisterend naar de nu regelmatige ademhaling van Erna valt ze, ondanks alle onrust en opwinding, meteen in slaap.

33.

Erna blijft in bed liggen tot Vronie klaar is in de badkamer. Nu moet ik me afvragen hoe ik me voel, denkt ze. Niets aan de hand, die gruwelijke hoofdpijn is weg. Spierpijn valt ook reuze mee. Op dit soort wandelingen denk je midden in de nacht, als je eruit moet om te plassen, dat je nooit meer zal kunnen lopen. De volgende ochtend heb je nergens last van.

'Gaat het?' vraagt Vronie. Ze klinkt bezorgd en enigszins achterdochtig.

'Het gaat heel goed. Zie ik je straks beneden?'

Vronie lijkt even te twijfelen. Is waarschijnlijk bang dat ik omval in de douche. Nu de benen op de grond zetten, rechtop gaan zitten, overeind komen. Kennelijk goedgekeurd, want Vronie loopt naar de deur. 'Zal ik scrambled eggs voor jou bestellen?'

Erna knikt, Vronie verdwijnt. Het afvalemmertje uit de badkamer staat nog naast het bed. Ze neemt het mee de doucheruimte in. Hoefde helemaal niet te braken. Alleen die enorme pijn in m'n kop, echt onvoorstelbaar. Of er een smidse in mijn hoofd zat waar ze met reusachtige hamers voortdurend op ijzer zaten te rammen. Hield het niet uit. Vreemd dat het nu weg is.

In de ontbijtzaal zit Vronie aan de koffie. Er zijn veel tafeltjes bezet en vaak ligt er een hond onder. Vronie schenkt koffie in voor Erna. 'Ik ben geschrokken gisteren, dat je zo'n pijn had. Daarnet sprak ik de dokter nog, die vannacht bij je was. Zij en haar man gingen vroeg weg. Hij stond te graaien in die bak met hondenvoer. Zij vroeg hoe het met jou was. Ze heeft nog gebeld met de artsenpost in Hexham, daar kunnen we zo terecht, zei ze.'

'Daar is nu toch geen enkele reden voor, lijkt me.'

'Ze raadde het aan. Vannacht kon ze geen compleet neurologisch onderzoek doen. En dat vindt ze wel noodzakelijk.'

Erna zucht. 'Ik sta weer overeind. Geen pijn meer. Het was vast een zonnesteek, met die koude wind voel je niet hoe fel de zon is. Te weinig gedronken ook, misschien. Ik ga die noodlijdende National Health Service niet lastigvallen met een verdwenen kwaal.'

'Dat moet je juist wél doen. We nemen een taxi, ik heb het adres van haar gekregen.'

'Vronie, luister nu eens even. Ik wíl het niet. Ik wil wandelen, misschien niet de hele etappe maar toch zeker de helft. Als we naar dat gezondheidscentrum gaan zijn we uren kwijt en word ik door een bleke, oververmoeide dokter onderzocht. Dan voel ik me schuldig en ik heb er ook bezwaren tegen. Bij elk onderzoek vinden ze iets, altijd. Voor je het weet leggen ze je in een bed waar je nooit meer uit komt. Nee. We doen het niet.'

Vronie lijkt zich erbij neer te leggen. In elk geval geeft ze haar verzet op en pakt de wandelgids. Een stevig meisje op dikke benen brengt borden vol eieren. Ze eten. Ze overleggen. Vronie gaat een taxi bellen die hen vanmiddag in een halverwege liggend gehucht zal ophalen.

In het vervallen plaatsje wachten ze op de taxi. De pub waar ze hebben afgesproken is al jaren gesloten. Er hangt een vergeeld briefje tegen het raam met een telefoonnummer voor potentiële kopers. Aan de overkant ligt een schooltje met een betonnen plein ervoor. Zou het nog gebruikt worden? Erna heeft haar twijfels, deze hele streek maakt een verlaten indruk. Als er al ergens winkels zijn handelen ze in tweedehands rommel of zijn ze dichtgetimmerd. Geen bushaltes. Geen wonder dat de mensen die hier nog wonen zich afgeschreven voelen. Als er kinderen zijn zullen die zich zo snel als ze kunnen uit de voeten maken naar het zuiden. Dit gebied is hoogbejaard, denkt ze. Vroeger leefde het wellicht, maar nu is het ziek en door alle dokters opgegeven. Er floreert nog een enkele boerderij, zie je als je door het land loopt, maar dat is een uitzondering, een glimp van vroeger leven. Een toekomst is er niet en naar klachten wordt niet geluisterd. Wat haal ik me in m'n hoofd met dat fanatieke wandelen? Als het me lukt ben ik ook zo'n eenzaam baken in zee als dat boerenbedrijf, een herinnering aan hoe het vroeger was en absoluut geen belofte voor later. Het hele boekproject waar ik me zo druk over maak is precies hetzelfde, een echo van een definitief voorbij verleden. Denk ik nu echt dat er mensen zitten te wachten op een nieuwe roman van mij? Welnee, die tijd is geweest, niemand verwacht scherpe actuele teksten uit mijn pen. Ze willen de stem van een hoogbejaarde niet horen. Ik ben als deze landstreek: beroemd geweest, gewild, een belangrijke speler in het literaire veld van die tijd – en nu stilletjes terzijde geschoven. Wat ik over die oude man zal schrijven interesseert niemand en doet ook niet ter zake. Het schrijven is een klusje dat me op de been houdt, daar gaat het om. Zolang ik schrijf, en wandel, kan ik die onrechtvaardige afdanking even vergeten.

De taxi rijdt het pleintje op. Er stapt een getatoeëerde vrouw uit die iets onverstaanbaars roept. Ze stappen in, rugzakken op schoot, en de auto zet koers landinwaarts. Ze komen terecht bij een enorm landhuis met een park eromheen. Een relict, denkt Erna, iets wat vroeger een functie had, landgoedbeheer, werkverschaffing, maar nu zinloos is overgebleven. Dan zit er niets anders op dan hotel te worden.

De gastvrouw bewaart in haar verzorgde kleding en fiere houding wel iets van de vergane glorie. Ze gaat voor naar een grote kamer op de eerste verdieping met een fijn uitzicht over het park. Moet die vrouw straks voor ons koken? Morgen onze bedden afhalen en het beddengoed naar de wasserij brengen? Op tafel staat een kristallen fles vol sherry. 'Daar zult u wel aan toe zijn,' zegt de vrouw, 'en dan zien we u graag over een uur beneden voor het diner.' Smaakvolle prenten aan de muren, fijne leunstoelen bij het raam. Erna schenkt de glazen vol.

'Zullen we het verder op deze manier doen?' vraagt Vronie. 'Gewoon elke etappe halveren? Ik vind het wel fijn voor de kuiten, eerlijk gezegd.'

Zou ze dat zeggen omdat ze denkt dat ik het niet meer opbreng? Ben ik te achterdochtig? Hoe dan ook is het prima. We moeten het pad wel afmaken, de oceaan zien aan de andere kant.

Als ze naar beneden lopen, vallen Erna de foto's aan de muren op. Het zijn beelden uit de tijd dat het landhuis fungeerde als opvanglocatie voor soldaten die getraumatiseerd en gewond terugkwamen van het front. De Eerste Wereldoorlog. Ze blijven staan voor een enorme foto van een groep mensen, hier, in deze hal. In een halve cirkel staan de verpleegsters, allemaal vrouwen in stijve schorten, met witte kapjes op hun hoofd. Doen de dochters van de landheer mee? Zijn vrouw? De gezichten staan strak, de opname heeft vast veel tijd genomen. Vóór de rij ziekenverzorgsters zitten de patiënten op stoelen en banken. Erna doet een stap naar voren en zet haar leesbril op. Sommige mannen zitten in een rolstoel met grote wielen. Hoe langer je kijkt, hoe meer ontbrekende ledematen je ontdekt. Schouders zonder arm eraan, dekentjes die recht naar beneden vallen over de beenstompen. Deze mannen hebben alle hoop opgegeven, dat is aan hun gelaatsuitdrukking wel te zien. Geen toekomst en een verleden dat een bedreiging vormt, dat hun verhindert 's nachts door te slapen en de vreselijkste nachtmerries veroorzaakt. Bijkomen, opknappen, revalideren – na wat deze soldaten hebben meegemaakt is dat een slechte grap. Hun ogen zijn zwarte gaten, elke gedachte aan contact is een illusie. 'Kom,' zegt Vronie, 'we gaan eten.'

34.

Hij vraagt zich natuurlijk af of ik alles aan Erna heb opgebiecht. Als zij niet zo ziek was geworden had ik dat misschien nog gedaan ook. Nu heb ik er nauwelijks aan gedacht, was veel te druk bezig met fantasieën over haar gezondheid. Dacht vooral aan hersenbloedingen of vreselijke tumoren. Weet veel te weinig van neurologie, zou bijscholing moeten krijgen. Moet ik achterheen. Driekwart van mijn klanten heeft een hersenziekte, toch?

Aan tafel met haar gezin, vanavond, heeft ze vooral over de wonderbaarlijke muur van keizer Hadrianus gesproken, over de leegte en de armoede in het noorden van Engeland en over de eigenaardigheden van de hotels waar ze in terechtkwamen. De kinderen vertelden wat zíj hadden gedaan, wat Jan in de supermarkt had verdiend en wat hij met dat geld ging doen, welke stukken Mina in het muziekkamp had gespeeld, met wie ze op de kamer sliep, wat ze te eten kreeg. Gevaarloze onderwerpen. Nu zijn ze alleen, Thomas en Vronie. Nu vraagt hij haar hoe het écht was en verzamelt zij haar gedachten. Met iets positiefs beginnen, dat is het beste.

'Het wandelen was heerlijk. Ging ook prima, ik hield het makkelijk vol.'

'Je hebt een goede conditie door dat rennen en draven op je werk, denk ik. Geen verveling?'

'Geen moment. In zo'n tempo zie je echt alles van een gebied. Je onthoudt het ook. Heel anders dan op de fiets. We kunnen het misschien samen weer eens een keer doen, als Mina wat ouder is. Jij zal het ook fijn vinden. Je komt echt tot rust.' Gekwezel, denkt ze, waar gaat dit over, wanneer komt hij ter zake?

'Kon Erna je bijbenen?'

'De eerste dagen wel. Ik merkte dat ze er enorm plezier in had, vooral in de Romeinse geschiedenis. Ze vertelde over die keizer en over een schrijfster die zijn zogenaamde memoires heeft geschreven. Ook zo'n oude vrouw die van alles moet opschrijven, net als zij.'

'Yourcenar,' zegt Thomas. 'Prachtig boek. Zou jij ook eens moeten lezen, zeker nu je die muur hebt gezien. En later, liet ze het toen afweten?'

'Toen we op de helft waren kreeg ze 's nachts een verschrikkelijke hoofdpijnaanval. Na een zware etappe was dat. Ik dacht dat ze erin zou blijven, ik was zó bang! Er is daar ook nauwelijks gezondheidszorg, er is sowieso helemaal niets. Ik wist me geen raad. Gelukkig logeerde er een arts in dat hotel. Die heeft toen – midden in de nacht, zó uit bed gehaald – naar Erna gekeken.'

'En kon hij er iets aan doen?'

'Zij. Een vrouw. Beetje onderzoeken, al was dat lastig omdat Erna zo suf was. Die dokter vond dat we naar een artsenpost moesten gaan de volgende dag, maar toen het dag werd deed Erna of er niets aan de hand was. Lastig hoor. We hebben steeds maar halve etappes gelopen, want ik was bang dat ze oververmoeid zou raken. Ze kent geen grenzen, ze kachelt maar door als je haar niet met geweld stopt. Ik hield haar steeds in de gaten. Ze sleept een beetje met het rechterbeen. En ze ziet niet goed, ze kan de afstand tot de grond niet inschatten en struikelt dan.'

'Dus je hebt het helemaal niet over Jacob gehad? Maar goed ook, wie weet zou haar hart het begeven als ze die dingen te horen krijgt. Je man blijkt een spion met een buitenechtelijke verhouding en een kind! Dat is nogal wat. Al die jaren heeft ze in onwetendheid geleefd, hoe moet ze dat interpreteren en verwerken? Ik moet je zeggen dat ik onze rol daarin erg moeilijk vind, voor ons allebei.'

'Ik weet het ook niet, Thomas. Het voelt niet goed om te verzwijgen dat we zoveel weten, maar het is ook verschrikkelijk om haar pijn te doen. Heb je nagedacht over wat ik je zei? Advies vragen? Iemand zoeken aan wie je het kan voorleggen?'

Thomas staat op om de wijnfles te pakken. Terwijl hij inschenkt knikt hij bevestigend.

'Ja, dat heb ik gedaan en het is nog gelukt ook. Olivier Hamers, de voormalige directeur van de dienst. Misschien heb je die naam vroeger wel eens in de krant gezien. Hij is al heel lang gepensioneerd. Weduwnaar, woont in een enorme ouderwetse flat bij de zee. Raar genoeg kon ik zijn telefoonnummer best makkelijk vinden, stond gewoon in een lijst van een vroegere secretaresse. Ik heb hem gebeld, uitgelegd waar ik werk en gevraagd of hij me over een probleem, een dilemma, zou willen adviseren. Hij was vriendelijk maar op afstand, was mijn indruk. Hij zei dat hij er al heel lang uit is maar behulpzaam wil zijn als hij daar een mogelijkheid toe ziet. We maakten een afspraak want de inhoud moet je nooit door de telefoon bespreken, vond hij. Dus ik erheen, op een namiddag.'

'Was je zenuwachtig?'

'Ik had het goed voorbereid, ik wist wel ongeveer wat ik ging zeggen. Maar toen hij opendeed was ik toch even van mijn stuk. Keurige oude heer in een wollen vest met knopen, achter een rollator. Kale kop, gouden brilletje, gaf een stevige hand. Hij excuseerde zich dat hij geen thee kon aanbieden, de huishoudster was net weg. We gingen zitten in een zaal van een kamer met uitzicht op de zee. Naast zijn stoel stond een tafeltje met boeken en kranten. En tegen de stoelpoot een fles whisky, zag ik. Ik heb wat uitgelegd, dat ik nog niet zo lang bij de dienst werkte, dat ik in het oude Oost-Europa-archief verzeild was geraakt en daar dingen ontdekte waar ik geen raad mee wist. Hij luisterde heel aandachtig en begon toen over de geheimhoudingsplicht. Dat die niet ophoudt op het moment dat je uittreedt. Hoewel het vanzelfsprekend wel eens voorkwam dat oud-ambtenaren door ouderdomskwalen hun besef van die plicht kwijtraakten, maar dat bleef dan meestal tussen de verpleeghuismuren of werd voor geraaskal aangezien. Zelf probeerde hij zoveel mogelijk het nut voor de dienst voorop te stellen in de spaarzame gesprekken die hij nog voerde over zakelijke aangelegenheden. Zo sprak hij, nogal formeel maar wel aardig en geïnteresseerd. Het criterium, zei hij, blijft of het voor je functioneren binnen de dienst van belang is om kennis te hebben van bepaalde zaken. Over welke zaak het mij ging, vroeg hij toen. Dus ik vertelde over Jacob, vanaf de jaren zeventig tot zijn dood in vijfennegentig, en over wat ik onlangs over hem te weten kwam. Dat wij bevriend zijn met de weduwe. Dat jij zelfs op dat moment met haar langs de muur van Hadrianus wandelde. Toen zei hij dat hij de indruk had dat het niet kennen van de achtergrond in deze kwestie mij vast zou belemmeren in mijn werk. Hij lachte erbij, met van die glimoogjes achter dat brilletje. Hij ging verzitten en boog een beetje naar mij toe. Het papieren dossier, daar begon hij over. Voorzichtigheid blijft geboden. Digitaliseringsplannen kunnen ineens veranderen, als er plotseling geld is huren ze studenten in die alles in de computer zetten. Anticiperen daarop! Een archief is een huis, het moet opgeruimd worden, ontdaan van overbodige gegevensdragers. Papier of geluidsbandjes, meer had je vroeger niet. Hij kon zich over dit specifieke geval herinneren dat er meteen na Jacobs dood huiszoeking is gedaan door mensen van de dienst die zich voordeden als het onderzoeksteam van de recherche. Die hebben alle eventueel belastende zaken uit Jacobs werkkamer meegenomen. Zijn kamer op het taleninstituut is ook doorzocht, maar daar vonden ze niets. Kennelijk bewaarde hij alles wat de dienst aanging gewoon thuis. Raar, toch?'

Dat vindt Vronie helemaal niet raar. Bij dat taleninstituut kunnen ze Russisch lezen, dus dan laat je niet zo snel belastende brieven en aantekeningen in een lade liggen. Erna kwam thuis nooit in zijn studeerkamer. Ze leest bovendien geen Russisch.

'Daar zit wat in,' zegt Thomas als ze haar gedachte uitspreekt. 'Je hebt vast gelijk. Hoe dan ook raadde Hamers me aan om een en ander uit het archief te verwijderen als niet-relevant. Privécorrespondentie tussen Jacob en Nona, fotootjes van dat kind. Ik begreep wel waar hij op doelde. Misschien ook nog andere dingen, die eventueel met Jacobs dood konden samenhangen? Daar wilde hij niet verder op ingaan. In die tijd was het relatief eenvoudig om een zaak diep in de doofpot te stoppen. Nu, met al die informatie op internet, is dat ondenkbaar. De dienst besloot vlak na het ongeluk dat er beter helemaal niets naar buiten kon komen wat Jacobs reputatie als linguïst en echtgenoot zou kunnen schaden. Een oppervlakkig onderzoek, een voor de hand liggende conclusie en dat was het dan. Tot ik mijn neus in dat archief ging steken. Ik heb hem nog gevraagd wat ik met die papieren moest doen, maar die kwestie ontweek hij. We hadden een filosofische discussie over discretie en zwijgplicht, zo zei hij het. Met de details wilde hij zich niet bemoeien. Ik begreep dat alles wat met de politieke informatie van doen heeft in het archief moet blijven. De liefdesbrieven kan ik mee naar huis nemen. Of verbranden.'

'Hoe moet het nu met Erna, hebben jullie het daar nog over gehad?'

Nu leeft Thomas op. 'Ja, zeker! Dat is geweldig, wat hij daarover zei. Hij kent haar goed, ze hebben samen in een leesclubje gezeten, Oudgrieks, begreep ik, eens in de maand. Sinds een paar jaar is hij daarmee gestopt omdat het reizen niet meer lukte, maar hij heeft met Erna zo nu en dan nog contact. Hij bood aan om met haar te praten. Ik was zó opgelucht!'

Vronie weet niet wat ze ervan moet denken. Er is een last van Thomas af gevallen, dat ziet ze wel. Feit blijft dat Erna, haar vriendin, verpletterende berichten voorgeschoteld zal krijgen, door een goede vriend. Wist hij ervan, zal ze denken, heeft hij me jarenlang belazerd door zoiets vóór zich te houden? En ze zal zich afvragen wat Thomas geweten heeft. Wat ík wist toen we langs de muur liepen.

'Ik zag zijn hand naar de fles gaan,' gaat Thomas verder. 'Ik moest glaasjes pakken uit zo'n vitrinekast en de whisky inschenken. We hebben geproost, op de dienst. Wat een goed idee van jou, Vroon, om met die man te gaan praten. Voor het eerst sinds weken voel ik me weer zoals vroeger, dat ellendige schuldgevoel is weg, ik ben er weer helemaal bij.'

Ja, jij wel, denkt Vronie. Maar ik? Maar Erna?

35.

Erna rijdt behoedzaam de privéparkeergarage van Oliviers flat in. De slagboom is vanzelf omhooggegaan. Hij zal haar kenteken hebben doorgegeven, denkt ze, maar hoe weet hij dat? De ruimte is helverlicht en er staan heel weinig auto's in. Wel erg mooie. Een jongeman zit in een kantoortje achter een glasplaat. Hij knikt vriendelijk, opent een luikje en vertelt dat ze naar de vijfde verdieping moet voor meneer Hamers. Hij wijst naar de lift.

Klapstoeltjes tegen de liftwand; een overduidelijk bedieningspaneel met grote cijfers. Wonen hier zal zeer comfortabel zijn, attent personeel dat je naam kent, waarschijnlijk allerhande verzorging naarmate de behoefte daaraan stijgt, grote kamers, brede gangen. Vooroorlogs, bewaard gebleven ten tijde van de bombardementen, ondanks de strategische ligging aan zee. De liftdeur schuift open. Voor de wijd geopende toegang tot zijn domein staat Olivier Hamers op haar te wachten. Met een stok.

'Erna, wees welkom!' Korte beleefdheidskus. Hij ruikt

lekker. Hij gaat haar voor naar binnen, door de brede gang naar de kamer met het uitzicht. Op de tafel tussen de leunstoelen staat een theepot, er komt damp uit de tuit; mooie Engelse kopjes, een schaaltje met kaneelbeschuitjes. Zowel op de gang als in de kamer ligt vast tapijt.

'Wat is er gebeurd met je prachtige parketvloer?'

'Die ligt verborgen onder deze wollen weelde. Losse kleden zijn vaak de ondergang van de bejaarde. Je struikelt, je glijdt uit, je valt. Dan is het gebeurd, weet je.'

Erna knikt. 'Zullen we meteen maar de kwalen doen? Jij eerst!'

Olivier glimlacht. 'Ik wil het kort houden. Gaat goed, alles. Alleen het zelfstandig voortbewegen is vrijwel onmogelijk geworden. Ik zit veel binnen. Lezen, telefoneren, naar dat grote scherm kijken. Daar kan ik hele musea op zien, zeer gedetailleerde schilderijen in onrealistisch formaat. Je wordt van zaal naar zaal gevoerd. Ruïnes, opgravingen – daar heb ik ook materiaal van. En ik krijg bezoek, zoals nu. Dat waardeer ik.'

Er is een zekere afstand, denkt Erna, maar dat doet aan de betrokkenheid niets af. Ik voel me welkom, dat is gewoon waar. Ik ken hem al zo vreselijk lang, sinds de studietijd al. Hij was zo'n bekende ouderejaarsstudent, ik zag hem door de stad lopen en trof hem wel eens in het café bij mij om de hoek. Iemand voor wie je niet bang was, iemand die jou zag maar die je nooit te na kwam.

'Ik vind het ook fijn om jou te zien, Olivier. En het is mooi dat je ogen en oren het nog doen. Bij mij gaat het lopen wel goed, niet zo goed als vroeger, ongeveer de helft daarvan, maar goed genoeg. Ik kom net terug uit Engeland, Hadrianus gedaan, met een beetje gesmokkel. Kreeg daar wel een angstaanjagende hoofdpijnaanval, maar omdat er de volgende dag niets meer aan de hand was ben ik die definitief vergeten. Het is vreemd dat je je kan herinneren dat je pijn had maar niet hoe dat voelde, de hoedanigheid ervan.'

'Dat is onze bescherming,' zegt Olivier. 'Nu we toch dit onderwerp bij de kladden hebben moet je even vertellen hoe het met onze Griekse vrienden is. Nog bij elkaar?'

'Het dunt uit. Barend is gestorven, dat weet je. Lottie is dement geworden en Karel heeft parkinson. We hebben besloten om de lege plaatsen niet te vullen. Weet je nog die passage in het boek over de Scythen, waar Herodotus schrijft over een volksstam die in diepe rouw verzinkt als er een kind wordt geboren? Ze zitten in een kring om de baby heen en beklagen zijn lot – alle ellende die hem zal overkomen in het leven. Maar als er iemand sterft is het feest, zang en dans, grappen en grollen. De dode is ervan af, het is klaar met het lijden en afzien. Ik denk daar wel eens aan.'

'Jazeker, ik weet het nog. Maar ik kan me er niet mee vereenzelvigen, alle herinneringen aan goede tijden wil ik nog niet kwijt. Het verlangen naar het einde is bij mij nog niet sterk genoeg. Bij jou wel?'

Erna aarzelt. Is het een impertinente vraag? Nee, een vriendschappelijke, collegiale vraag.

'Ik weet het niet. Ik merk wel dat ik belachelijk veel compassie heb voor jonge kinderen. Wat die tegemoet gaan, wat ze nog moeten doorstaan. Hoe voortvarend en argeloos ze zijn.' Ze denkt aan het meisje Mina met de viool op haar rug en haar ernstige gezicht. Olivier schenkt de thee in. Met vaste hand, ziet ze. Wanneer komt hij ter zake? Hij had me iets te vertellen, zei hij. Alsjeblieft geen onheilspellende diagnose. Nee, vast niet, dat had hij al wel gezegd daarnet. En hij ziet er goed uit ondanks het feit dat hij nooit buiten komt. Op het balkon misschien.

Olivier gaat rechtop zitten en veegt zijn voorhoofd af met een witte zakdoek. 'Ik kreeg bezoek van een ambtenaar bij de dienst, een oud-leerling van Jacob, Thomas Berkhof. Dat hij daar werkt is discrete informatie, niet iets om door te vertellen. Je kent hem. Hij is slavist en doorzoekt oude dossiers over de autonoom geworden gebieden die vroeger onder Rusland vielen. Georgië bijvoorbeeld.'

Waar wil hij heen? Dat Thomas geheim agent is geworden verbaast me eigenlijk niet. Wel dat Vronie daar niets over heeft gezegd. Kan natuurlijk dat ze het zelf niet eens weet.

'Hij trof in dat archief rapporten aan die Jacob had samengesteld. Verslagen betreffende pro-Russische organisaties of juist nationalistische groeperingen. Thomas is ervan geschrokken, hij had niet verwacht dat zijn docent in het geheim voor de dienst spioneerde, zei hij. Wist jij daarvan?'

'Nee,' zegt Erna beslist. 'Jacob heeft daar nooit iets expliciet over gezegd en ik heb er nooit echt naar gevraagd. Ik vermoedde wel dat hij soms een opdracht kreeg die wat verder ging dan zijn linguïstische bezigheden, maar hoe dat precies zat en of het incidenteel of regulier was wilde ik niet weten. Hij zou aan geheimhouding gebonden zijn en ik wilde hem niet in de problemen brengen. Als hij zoiets zou doen had hij er goede redenen voor, dacht ik. Dat respecteerde ik. Hij had veel sympathie voor de vrijheidsstrijders in die gebieden en daar kon ik in meevoelen.'

Olivier zit te knikken. Zou hij het raar vinden, denkt Erna, onverschillig, ongeïnteresseerd van mij? Jacob zat na zo'n expeditie avonden lang te tikken, enorme lappen tekst. Grammatica, dacht ik, vocabulaire, syntaxis, uitschrijven van liedteksten, optekenen van spreekwoorden en zegswijzen. Het kunnen best andere rapporten zijn geweest, bestemd voor andere mensen. Mijn gedachten erover heb ik niet serieus genomen, ik was niet nieuwsgierig genoeg. Is dat verwijtbaar? We hadden allebei een eigen leven, zo wilden we dat graag. Maar nu, achteraf, wat vind ik er nú eigenlijk van?

Olivier zit beschuitjes in zijn thee te soppen. Gebitsproblemen? In elk geval: de ouderdom. Dan doe je schaamteloos dingen die ze je vroeger hebben verboden. Geen afleidingsmanoeuvres nu, ik moet me Jacob voorstellen als een spion. Gevaar is het eerste wat me invalt. Wat hij over de Georgiërs ontdekte zou toch voor Rusland belangrijke informatie zijn? De Russen zouden niet aarzelen om hem te beroven, ontvoeren, of erger.

'Liep Jacob geen enorm risico met zijn onderzoek? Georgië was nog niet zo lang zelfstandig en Rusland wilde het gebied terug. Dan was er toch kans op dat ze hem wilden inschakelen voor hun eigen spionagedienst?'

Olivier zucht en zet zijn kopje op tafel. 'Ja, dat is een punt van zorg. De dienst is daar naïef in geweest en heeft dat gevaar niet serieus genoeg genomen. Er is achteraf discussie over gevoerd, naar aanleiding van het ongeluk.'

'Wat bedoel je?'

'De locatie. Waarom reed Jacob na die lezing niet naar huis maar naar de kust, naar de boulevard? We vroegen ons dat natuurlijk af en hebben toen een eigen onderzoek ingesteld, onafhankelijk van wat de politie had gedaan. Daaruit bleek dat drie Russen een suite gehuurd hadden in dat grote hotel daar, Paleis Noorderstrand heette het toen nog. Jacob had daar een afspraak met ze en ik denk dat ze hem onder druk hebben gezet om zijn gegevens met de toenmalige KGB te delen. Het kan zijn dat hij dat heeft geweigerd, of tijd heeft bedongen om erover na te denken.'

'Onder druk gezet? Hoe dan? Bedreigd, bedoel je dat? Denk je dat ze zijn auto onklaar hebben gemaakt?'

'Dat kan, Erna. De directie Oost-Europa is er druk mee geweest en heeft z'n best gedaan om werkelijk alles onder de pet te houden. Niemand zat te wachten op een potentiële dubbelspion. Het dossier werd gesloten.'

'Waarom zeg je "dat kan"? Hoe kunnen ze hem anders onder druk hebben gezet? Wat kan er nog meer, volgens jou?'

'Chantage. Een beproefd middel. Werkt vaak goed. En schoon. Geen fysiek geweld.'

Wat wil hij zeggen? Hoezo, chantage? Waarmee dan? Ik kan me daar werkelijk niets bij voorstellen, waarmee moet je iemand als Jacob nou chanteren? Opiumverslaving, NSB-ouders, bordeelbezoek? Wat een onzin!

'Ik zie niet in waarmee Jacob te chanteren zou zijn geweest,' zegt ze stijfjes. Ze wil weg en maakt aanstalten om op te staan.

'Blijf alsjeblieft zitten, Erna. Er is nog iets wat ik je moet vertellen.'

36.

Thomas en Vronie schrikken op als de bel gaat om negen uur 's avonds. Te laat voor Jehova's getuigen en de buren bellen altijd twee keer kort na elkaar – wie kan dit nu zijn? Het is al donker en er staat vreemd genoeg een forse wind. Vronie doet het licht aan en Thomas loopt naar de voordeur. Dan staan ze naast elkaar naar Erna te kijken, die met verwaaide haren en openhangende jas op de stoep staat.

'Erna,' zegt Vronie, 'wat is er gebeurd?'

'Ik kom met jullie overleggen. Even wat materiaal bekijken. Mag ik erin?'

Vronie trekt haar aan een arm naar binnen, als een matroos een drenkeling. Ze voelt de spanning in de spieren en kijkt bezorgd naar de vastberaden blik in Erna's ogen. Thomas moet haar de jas bijna van de schouders rukken; Erna beent gedecideerd naar de huiskamer, waar ze pontificaal in het midden blijft staan. Vronie vraagt nog of ze iets wil drinken, thee, wijn, en heeft ze wel iets gegeten? Snel en driftig schudt Erna van nee.

'Er is het een en ander opgeklaard en duidelijk geworden,' zegt ze met harde en te hoge stem. 'Ik begrijp van mijn zegsman dat er bij jullie, of juister bij jou, Thomas, informatie is te vinden die mij in hoge mate aangaat. Dus kom maar op. Ik ben er klaar voor.'

Volslagen in de war, denkt Vronie. Ik heb haar nog nooit zo gezien, alsof ze hoge koorts heeft of onder de amfetamine zit. Hoe krijgen we haar rustig? Ze moet gaan zitten, glaasje water drinken, maar hoe krijg ik dat voor elkaar?

'Kom Erna, we gaan even op de bank zitten, je hebt zo ver gelopen. Thomas haalt water voor je want je zal wel dorst hebben.' Ze duwt Erna naar de bank, trekt haar naar beneden en gaat dan zelf dicht naast haar zitten. Ze pakt haar hand: warm, gloeiend.

'Waar ben je zo opgewonden over? Wat wil je weten?'

'Op zoek. Moet er meer over te weten komen. Bekijken. Thomas heeft alles in zijn computer. Kan niet anders. Dus laat maar zien!'

Met beide handen pakt ze het waterglas. Ze drinkt. Vronie neemt het glas over en zet het op tafel. Nu vraagt Thomas waar het over gaat, wat ze eigenlijk wil zien op die computer van hem. Vronie voelt een rilling door Erna heen gaan. Als ze in godsnaam maar geen epileptisch insult krijgt. Bewusteloos raakt. In een hartstilstand blijft.

'Die vrouw! Heb je foto's van haar? Het kind wil ik ook zien. Hoe oud is hij nu? Vertel nou maar alles wat je weet, die vluchtige feitjes van Olivier, daar heb ik niets aan. Ik wil het me precies kunnen voorstellen. Daarom ben ik gekomen.'

Tja, dat hadden we misschien kunnen weten, denkt Vronie. Thomas was zo blij dat een ander de moeilijke boodschap over zou brengen, maar wat er daarna zou gebeuren hebben ze niet overwogen. Dit dus: een akelig opgehitste Erna, niet echt overstuur of in tranen maar zeer gespitst op onthullingen waar ze recht op meent te hebben. Jarenlang voor de gek gehouden, buitenspel gezet. Geen wonder dat ze kwaad is. Is ze wel kwaad? Eerder brandend van nieuwsgierigheid, lijkt het.

Met zijn drieën gaan ze de trap op naar de studeerkamer van Thomas. Hij zet stoelen voor ze klaar en begint op het toetsenbord te klikken. 'Hier,' zegt hij, 'het huis waar Jacob logeerde. Nona woont daar nog steeds. Haar zoon heeft een huis in het centrum, vlak bij zijn werk.'

Vronie ziet hoe Erna vooroverbuigt en geconcentreerd kijkt naar de smalle, langwerpige ramen, naar de bordesachtige trap die naar de voordeur leidt. Thomas klikt en tovert een grote tuin tevoorschijn. Bougainville, trompetbloemen, palmbomen. Dan zien ze een vrouw; ze staat met tuinhandschoenen aan tussen de bessenstruiken. Ze heeft donker haar met zilveren strepen daartussen. Haar gezicht verraadt niet veel – ze kijkt niet afwijzend maar ook niet uitgesproken vriendelijk. Een volgende foto toont haar terwijl ze college geeft vanachter een hoge tafel met papieren en microfoon. Daar oogt ze levendig, gesticulerend met beide handen.

Wat zou ze voelen, denkt Vronie. Alleen maar woede en jaloezie of kan ze de verwantschap zien in de tuin, de lezing, de praktische kleding?

'Ik wil het kind zien. Heb je daar foto's van?'

'Even zoeken, ik heb ze zeker. Hij is geen kind meer, nu,

maar een man van een jaar of dertig. Hier, kijk, hij staat voor zijn schaakschool!'

'Schááksschool?'

'In Georgië zijn ze gek op schaken. Het is een veilig tijdverdrijf, beter dan boeken lezen of politieke praatclubs bezoeken. Iedereen schaakt en elk kind moet het leren. De wereldkampioen bij de vrouwen is een Georgische. Schaakschool, het staat boven de poort in het Russisch en het Georgisch.'

'Zo'n raar alfabet,' zegt Erna. 'Het doet me denken aan ouderwetse telefoonhoorns in miniatuur, schots en scheef door elkaar. Hoe heet hij, de zoon?'

'Shota. Shota Kartvelishvili. Staat er ook bij.' Thomas wijst de letters aan en laat het beeld van de trotse schaakschoolbeheerder even staan.

'Een flinke man,' mompelt Erna. 'Is hij getrouwd? Zijn er kleinkinderen?'

'Van zijn vrouw heb ik geen foto's en ik weet niet of ze al kinderen hebben. Zij schaakt ook, op hoog niveau.'

Erna zit er hoofdschuddend bij. 'Schaken, dat heb ik nooit begrepen. Langzaam en ingewikkeld. En heel erg moeilijk ook nog. Jacob deed dat niet, voor zover ik weet, dan. Maar er zijn veel dingen die ik nooit heb geweten over hem.'

Haar ademhaling is rustiger geworden en ze zit er wat minder gespannen bij. Vronie denkt dat het nu wel genoeg is, deze verrassende duik in een geheim leven. Kennelijk stellen de zichtbare feiten Erna nu even gerust en helpt het haar bij het denken. Hoe moet je je zulke informatie toe-eigenen? Totaal onbekende, levende mensen die intiem deel uitmaakten van het leven van je man? Ineens hebben ze een lichaam, een gezicht gekregen, staan ze voor een huis, in een tuin. Ze bestáán. De details, het concrete, is erg belangrijk. Abstraheren is weglopen, dat heeft Erna ergens in een interview gezegd. Dat overspannen zoeken naar deze mensen met hun tuinharken en schaakborden is voor haar een noodzaak. Het zal haar helpen om onder ogen te zien wat er gebeurd is en wat dat betekent.

'Zullen we naar beneden gaan?' Vronie hoort de wind tekeergaan rond het huis. Zwiepende boomtakken en luid geruis van bladeren. Onheil. Erna wil niet meer gaan zitten als ze eenmaal in de huiskamer staan.

'Ik heb gezien wat ik wilde zien. Nu ga ik weer.'

Het klinkt vreemd, vindt Vronie. Glad, onpersoonlijk, als een ingestudeerd zinnetje. Thomas komt aanzetten met Erna's jas. Ze kan toch niet zo, in haar eentje, door die storm naar huis lopen? Niet te voorspellen waartoe ze in staat is, nu. Een handvol slaappillen, een sprong in de Singelgracht, alles is mogelijk. Vronie pakt jas en tas, zoekt de autosleutels en pakt Erna bij haar arm. 'We gaan naar huis, ik breng je.'

Tot haar verbazing volgt Erna haar naar de auto. Zwijgend rijden ze weg. Vronie heeft spijt dat ze geen tandenborstel heeft meegegrist, want ze is er totaal niet gerust op dat ze Erna alleen achter kan laten. Als ze uitstappen lijkt Erna ineens krachteloos, Vronie moet haar ondersteunen op weg naar de voordeur. Het spreekt vanzelf dat ze meegaat naar binnen, dat ze Erna naar bed brengt, dat ze zelf in de logeerkamer gaat slapen, dat ze de deuren halfopen laat staan, dat ze waakzaam luistert naar de geluiden die uit de andere kamer komen.

37.

Erna wordt wakker van gestommel op de gang. De deur van haar slaapkamer staat halfopen. O ja, Vronie. O ja, gisteren. O ja, Jacob. De geur van koffie stijgt op door het trapgat. Beneden zit Vronie en schenkt haar koffie in.

'Ik ga zo, even naar huis, omkleden en dan naar het werk. Red jij het vandaag?'

Erna knikt. In de lade van de keukentafel liggen de schriften van de roman. Die haal ik eruit zodra zij hier weg is. De oude boze man gaat actie ondernemen, dat is zeker. Heeft hij niet een motorfiets in de schuur staan? Nou dan!

Vronie staat op. 'Ik dacht nog, vannacht,' zegt ze, 'dat je het aan mensen die voor jou belangrijk zijn meteen moet vertellen. Anders ga je je afvragen of ze het weten en of ze je zielig vinden. Dat moet niet. Je kan beter duidelijk zijn en je niet schamen voor iets waar jij geen schuld aan hebt. Tegenover je vrienden moet je kunnen zijn zoals je bent, met alles wat er speelt. Ik zeg het maar zoals ik het bedacht heb, ik hoop dat ik me niet te veel met je bemoei.'

'Ja, je hebt gelijk. Lief van je. De kans op uitlekken lijkt me trouwens klein, want wie weet er nou iets? Hamers, Thomas, jij. Maar het is vooralsnog een geheim en geheimen geven afstand. Dat zal je bedoelen?'

'Ja. Zal ik aan het eind van de middag even bellen? Wil je bij ons eten?'

'Ik ga werken,' zegt Erna. 'Liever geen uitstapje vanavond. Ik wil alleen zijn.'

Zodra Vronie de deur uit is spreidt ze haar papieren uit op de tafel. Terwijl ze beschrijft hoe haar romanpersonage vloekend en steunend de enorme motorfiets uit het schuurtje zeult, gaat de telefoon. Joost, ziet ze. Hij wil even informeren of ze vordert, legt hij uit. Of het boek al in de nieuwe prospectus kan, of ze ideeën heeft over het omslag en wanneer ze de definitieve tekst kan aanleveren. Geen druk hoor, eerder aanmoediging. Erna gelooft er niets van, Joost zit zowat hijgend op kopij te wachten, ze hóórt het gewoon. Nu meteen toeslaan.

'Ik kan nu niet beoordelen hoelang ik er nog aan moet werken, Joost. Gisteren heb ik onthutsende dingen over Jacob te horen gekregen, ook over zijn dood. Maar vooral dat hij in Georgië een geheim leven had. En een kind.'

'Jezus, Erna, wat een bericht! Hoe is het nu met je? Je zal je rot geschrokken zijn!'

'Zeker. Ik moet afwachten tot het enigszins geland is, zoals ze dat tegenwoordig zeggen. Het is allemaal heel lang geleden, maar het verandert natuurlijk de blik op onze geschiedenis, ons huwelijk, mijn rol daarin. Voorlopig voel ik me vooral verraden en kwaad. Het zet me wel aan het werk. Weet je dat die misantroop uit mijn boek op z'n motor ging zitten, precies toen jij belde? Maandenlang in zijn stoel gehangen en nu de hort op. Kan geen toeval zijn, toch? Misschien gaat het nu naar een einde toe. Ik laat het je weten.'

'Zeg je het als ik iets voor je kan doen, wat dan ook? Zullen we een afspraak maken?'

'Later. Ik mail je. Dank je wel.'

De hele middag leidt ze haar boze personage door een rivierenlandschap. Vee in de uiterwaarden, wilgen langs het water, kerktorentjes in de verte. Ze sluit het schrift en trekt haar wandelschoenen aan. Zonder plan loopt ze de stad uit, verzonken in zichzelf, op zoek naar wat er in haar binnenwereld leeft. Godverdegodver, hij had verdomme een vriendin! Nooit enig vermoeden van gehad, hij was altijd blíj als hij thuiskwam! Is toch om razend van te worden. Ja, op een dode zeker, wat haal ik in m'n hoofd. Paulien, die moet ik het gauw vertellen – ze gaat vast zeggen dat ik het moet laten gaan, enorm lang geleden, en heb jij nooit eens een scheve schaats gereden op je literaire uitstapjes, die dingen gebeuren, betekent niets, toch? Dat zal ze zeggen, dat zal me even tot rust brengen. Maar dan? Dan maal ik verder, dan kronkelen mijn gedachten naar plaatsen waar ik helemaal niet wil zijn. Wat ik zag in dat museum laatst, ik zat even na te denken op een bankje, er kwam een jong stel aan met een baby. De vader legde het kindje op de bank en probeerde haar een vestje aan te trekken. Twee, drie maanden schatte ik haar. Ze keek met intense aandacht naar haar vaders gezicht en toen, en toen – haar gezichtje brak open in de mooiste, de liefste lach die je je kan voorstellen, totaal geconcentreerd op de vader, niets zou daar ooit tussen kunnen komen, dat zag je meteen. Ik wendde me af, kon het niet aanzien. Zou Jacob ook zulke blikken met zijn kind hebben gewisseld? Ik weet niets. Voor hetzelfde geld heeft hij er nooit een blik op willen werpen, op dat baby'tje dat uit zou groeien tot een forse schaakschooldirecteur. Misschien was het anders, misschien werd hij subiet verliefd op het kind. Heeft hij aan mij gedacht, aan ons, aan onze wanhopige gesprekken, aan de miskraam? Ik moet hier niet aan denken, ik weet het, en toch is dit het enige wat ertoe doet. Diepzwart verdriet, te groot om te bevatten voor mij. Afgrond. Verlies van woorden. De woorden waaraan ik me altijd kon vasthouden. Ze wijken weg, ze verlaten mij, ik kan er niet meer bij. Loop nu maar, zet de ene voet voor de andere, steeds opnieuw.

Haar denken verduistert naarmate het donker wordt. Ze loopt zonder rustpauzes en zonder besef van plaats. Als er tranen over haar wangen stromen merkt ze dat ze huilt. Zo nu en dan stuurt het lichaam een signaal: pijn in haar heup. Ze let er niet op. Ze struikelt, loopt door, struikelt nog een keer. Dan valt ze. Het is een opluchting. Blijf maar liggen op de zachte bodem van dennennaalden en mos, toegedekt door complete duisternis, bewegingloos, verdwijnend, oplossend in het zwart om en in mij. Ja.

Ze voelt dat iemand haar schouders aanraakt, ze hoort iets roepen maar reageren gaat niet. Is dit het, is dit hoe de dood je pakt, zo voorzichtig? Volstrekt verlies van energie, totale krachteloosheid. Niet meer meedoen, alles laten gebeuren. Op een laag pitje pruttelen een paar basale functies nog door – een zwakke hartslag, een oppervlakkige ademhaling. Als van een grote afstand hoort ze mensen praten, een ambulance bellen. Een hond blaft.

Ze leggen haar op een brancard en tillen haar de ziekenwagen in. Een verpleger klooit met naalden en slangen. Zij is er niet. De wagen rijdt met grote vaart en loeiende motor over bochtige wegen, net als de boze bejaarde uit haar boek. Centrifugale krachten trekken haar de ene en de andere kant op. Ze biedt geen weerstand, laat zich wiegen als een kind. Ze ziet de groene dijken voor zich, de wijde weilanden, de bomenrij langs de rivier in de verte. Zoals haar romanfiguur. Zo komt hij tot rust, rijdend op zijn motorfiets. De ambulance stopt, in een beukenbos, denkt ze, terwijl ze bewegingloos op de brancard ligt. Zo gaat het dus, een bijna aangenaam krachtverlies, een superieure onaantastbaarheid, een terugkeer naar groene weiden. Zo gaat het. Het is helemaal niet erg.

38.

Aan het einde van de nacht wordt Vronie wakker van haar telefoon. Onbekend nummer. Het blijkt iemand van het ziekenhuis, een vrouw op de balie van de eerste hulp, excuses, uitleg die Vronie eerst niet begrijpt. 'Een oude dame,' zegt de telefoniste, 'vannacht binnengebracht, geen identificatie, niet aanspreekbaar.'

'Maar waarom belt u míj?'

'Een verpleegkundige vond een kaartje in de voering van de jaszak. Van de thuiszorg. Die heb ik natuurlijk geprobeerd te bereiken, maar dat is niet gelukt. Op de achterkant stond dit nummer. Met potlood. Is mevrouw bij u bekend?'

Die mosgroene regenjas. Dat stomme kaartje dat ik de eerste keer bij haar achterliet. 'Ik denk het wel. Mevrouw Ankersmit. Erna Ankersmit. Zij is tachtig. Wat is er gebeurd? Hoe is het nu met haar?'

'Het team is nog met haar bezig. En in principe geven we alleen medische informatie aan familie.'

Dat zullen we nog wel eens zien. Niet kwaad worden.

‘Mevrouw heeft geen familie. Dank dat u mij gebeld hebt. Ik kom deze ochtend even om de identificatie te bevestigen.’

Pas als ze de telefoon weglegt, voelt ze de hevige onrust. Het zál toch niet, een hersenbloeding, komt vast door de stress van al die ellendige informatie. Waarom heeft Thomas niet gewoon zijn snavel gehouden? Waarom heeft hij eigenlijk al die belegen zooi opgerakeld? Had Jacob wel of niet een lang gewenste zoon in Georgië, is hij wel of niet door criminele Russische agenten vermoord? Dat zijn verpletterende vragen voor een oude vrouw. Voor iedereen.

Hoofdschuddend en trillend gaat ze naar de badkamer. Onder de warme waterstraal. Aankleden, de dag laten beginnen. Ze maakt Thomas wakker, iets te ruw, iets te hard. Kortaf. Erna is opgenomen, ik ga haar identificeren, sta jij op voor de kinderen? Hij schrikt. ‘Godallemachtig, wat nu weer, Vroon, wat vreselijk. Zal ik meegaan, moet ik je brengen?’

Vronie schudt haar hoofd. Gedraagt zich of ze al weg is, op de fiets, door de frisse ochtend naar het huis van Erna, trappend met woedende kracht.

De buurvrouw heeft een sleutel en loopt mee naar binnen. ‘Wat ongelukkig,’ zegt ze, ‘zo’n flinke vrouw, die gun je toch een vredige ouderdom.’

Vronie zoekt wat spulletjes bij elkaar, tandenborstel, een nachthemd, een kam. Op het laatst bedenkt ze dat ze wat mensen zou moeten bellen; ze zoekt, enigszins beschaamd, en vindt een oeroude telefoonlijst. Paulien, Hendrik op zijn ziekenhuisbed, de vrolijke Jeanne die op bezoek wacht. De buurvrouw natuurlijk. Ze kalkt de nummers op een verkreukelde kassabon uit de prullenmand. Dan vertrekt ze naar het ziekenhuis, ze zal de buurvrouw later op de dag bellen om verslag te doen.

'Neurologie,' zegt de receptioniste. 'Vierde verdieping, u moet de blauwe lijn volgen. Kamer zes.'

Bij het afdelingskantoortje legt Vronie uit wat ze komt doen. De medewerkers zitten in een kring koffie te drinken. Op tafel staat een slagroomtaart en de sfeer is opgeruimd. Hier sta ik met Erna's troep in een boodschappentasje, op deze onheilspellende afdeling waar mensen hopeloos invalide vandaan komen of sterven. Hoe is het mogelijk, grapjes en volle monden?

Een lange man met een bril staat op en stelt zich voor. 'Speelman, neuroloog,' zegt hij als hij Vronie een hand geeft. 'Zullen we even naar mevrouw gaan?' Op de gang informeert hij eerst naar de betrekking tussen patiënte en bezoekster. Dan gaat hij haar voor naar kamer zes, waar Erna als een dood vogeltje tussen de lakens ligt. Ze is het, knikt Vronie.

'Mevrouw is nog niet aanspreekbaar. We brengen de vochthuishouding op peil en houden alles in de gaten. Later in de ochtend doen we een scan, dan weten we meer.'

Erna is gekoppeld aan infuuszakken en er loopt een slang van onder de deken naar een urinecontainer. Vronie zucht. Erna lijkt veel kleiner dan ze is. Ingevallen gezichtje, een magere hand met een naald erin.

'Als u vanmiddag terugkomt spreek ik u weer. Het is altijd schrikken na zo'n ongeval. Ze was behoorlijk onderkoeld ook. Grote kans dat ze in de loop van de dag wat opknapt.' Hij beent weg, de gang op. Aardig, denkt Vronie, hij zag dat ik schrok. Ze buigt zich naar Erna's oor en vertelt over de tandenborstel, dat ze Paulien gaat bellen, dat de buurvrouw voor het huis zorgt. Dat ze vanmiddag terugkomt.

Als Vronie Erna's kamer binnenkomt zit Paulien met één bil op het voeteneinde van het bed. Ze wipt op als ze Vronie ziet en lijkt blij met haar komst. Ook Erna registreert haar aanwezigheid. Hoestend begroet ze de nieuwe bezoekster. Haar ogen staan wijd open, ze ligt half opgericht tegen de kussens.

'Ik heb een beetje rondgebeld,' zegt Paulien half tegen Erna, half tegen Vronie, 'zodat je vrienden weten dat je even uit de running bent.'

Vronie richt zich tot Erna. 'Hoe voel je je nu?'

'Moe. Vreemd. Blij dat jullie er zijn.'

'Heeft de dokter al iets verteld, na de scan?'

Erna knikt nauwelijks merkbaar; Pauliens gezicht betrekt. 'Het is niet goed,' zegt ze, 'het is beroerd.' Nu kijkt ze Erna aan. 'Een tumor in je hoofd. Dat zei hij. Er was ook een andere arts bij, een vrouw.'

'De oncoloog,' zegt Erna. 'Zij was duidelijk. Er is niets aan te doen. Alleen maar dingen die ik niet wil. Waar je doodziek van wordt.'

Vronie wil weten wat er nu gaat gebeuren.

'Als je het niet eens bent met hun methodes moet je weg.' Erna's stem klinkt nu krachtiger. 'Een revalidatiecentrum. Een verpleeghuis. Een hospice! Geen denken aan, natuurlijk. Dat wil ik helemaal niet, tussen al die uitgerangeerde types zitten wachten tot ik dood ben zeker. "Uitbehandeld," zei de neuroloog. Tenzij ik op hun suggesties inga, dan mag ik nog hier blijven terwijl ze me definitief kapotmaken. Mooi niet!'

Ze leeft op, denkt Vronie, ze is verontwaardigd, ze voelt zich niet gehoord, gezien, begrepen.

'Wat wil je dán, Erna?' Paulien kijkt haar bezorgd aan. 'En wat is er mogelijk?'

'Ik wil naar huis. Ik wil weer overeind komen. Boek afmaken. Tuin doen. In mijn eigen bed slapen.'

Beide bezoeksters knikken. Ja, dat past beter bij hun vriendin dan lijdzaam afwachten na een opname ergens, hoe verstandig en goedbedoeld wellicht ook.

'Thuiszorg,' oppert Vronie. 'Daar zullen ze zeker een indicatie voor geven. Je zit wel met de nachten. Dan moet je niet alleen zijn.'

'Ik kom bij je logeren,' zegt Paulien kordaat. 'Nu Kees in het verpleeghuis zit kan ik gemakkelijk ergens anders slapen. Geen enkel probleem.'

Vronie ziet hoe Erna's gezicht ontspant – niet dat ze glimlacht, maar haar uitdrukking wordt zachter en ze ziet er minder onaangedaan uit. Gewoner, eigenlijk. Ze pakt Erna's hand, voorzichtig, om de infuusnaald niet aan te raken.

'Kan jij dat met die dokter bespreken, Vronie? Ik word er zo kwaad van dat ik halverwege niet meer weet wat ik ook alweer wilde zeggen. Ze weten dat ze alles aan jou mogen vertellen. Die vrouw moet je hebben, de oncoloog. Of allebei, misschien beter.'

Vronie knikt en loopt naar de deur.

Op de gang treft ze Speelman, die haar met een ernstig gezicht staande houdt en over de resultaten van de scan begint. Bronchuscarcinoom, metastasen overal, ook in de hersenen, voorlopig het meest zorgwekkend, hij heeft medicatie voorgeschreven om de intracraniële druk omlaag te brengen, palliatieve behandelopties met patiënte besproken, teleurstellend resultaat.

Vronie laat zijn woorden over zich heen komen en ziet achter hem een vrouw opdoemen. Spijkerbroek, vestje, rugzak. Ze komt bij hen staan, het is de oncologe. Ze vraagt wat Vronie van Erna's toestand nu vindt.

'Ze liep onlangs nog honderdvijftig kilometer door Noord-Engeland en nu is ze opgegeven. Ik denk dat ze het moeilijk kan bevatten. Een paar dagen geleden kreeg ze enorm ontwrichtend nieuws, iets persoonlijks. Heeft dat iets met haar instorting te maken, zou dat kunnen?'

'Ze heeft zichzelf wel uitgeput en verwaarloosd,' zegt de oncoloog. 'Ze is verzwakt en ondervoed. Maar wel compos mentis, naar mijn idee. En gedreven, ze weet wat ze wil. En wat ze echt niet wil.'

Vronie knikt. Deze arts heeft goed naar Erna gekeken en lijkt te durven afwijken van het protocol.

'Mensen met zo'n korte levensverwachting moet je hun gang laten gaan als dat enigszins kan,' zegt ze. 'Het gaat tenslotte over háár levenseinde, het is niet gezegd dat wíj dat moeten bepalen. Als het mogelijk is het op haar manier vorm te geven is dat wenselijk. Het kan dat er complicaties ontstaan, in dat geval komt u met haar terug. Wat vind jij?' Ze kijkt naar haar collega. Hij geeft een afgemeten knikje. 'Jij bent nu de hoofdbehandelaar, jij mag het zeggen.'

Vronie staat in de deuropening van Erna's kamer. 'Ja,' zegt ze, 'je mag naar huis.' Erna kijkt haar alert aan, met een brede glimlach.

39.

Paulien heeft Erna naar huis gereden en een dagbedje gemaakt op de bank, met uitzicht op de tuin. Voor zichzelf maakt ze de logeerkamer in orde, boven. Straks zal er een jongeman van de thuiszorg komen. Ophoepelen, denkt Erna, laat me alleen zijn in mijn eigen huis, zolang het kan. Ze werpt steelse blikken op de werktafel. Dan neemt ze afscheid van Paulien, dankbaar voor haar zorgzaamheid maar vooral voor haar vertrek. Voordeur dicht, opstaan, aan tafel, eindelijk de lade opentrekken. Het hele manuscript legt ze voor zich neer om het van begin tot voorlopig einde door te lezen. Dan zal de afloop vanzelf duidelijk worden, dat weet ze. Het verhaal sleept haar allengs krachtiger mee, gevaarlijk is dat, ze moet kritisch blijven. Maar het gebeurt. Hoe haar hoofdpersoon in zijn woede stikt, hoe hij blijft hangen in oude vetes en vijandschappen, zijn verdriet over verloren vriendschappen en liefdes omkleedt met razernij, hoe hij sputtert en ontploft bij de gedachte aan alles wat hem is ontnomen – ja, het spettert van de pagina's waar ze goedkeurend en instemmend doorheen raast. Het klopt niet, ze weet dat Joost er van alles over te zeggen zal hebben, zo meeslepend als zij het nu vindt kán het niet zijn, ze is bevooroordeeld en partijdig. Maar toch, de oude man blijft in haar ogen fier overeind en zal zich niet, zal zich nooit vrijwillig overgeven aan zijn einde.

Nee, beseft ze, eigenlijk is het zo al goed, zoals hij op zijn oude motorfiets door het land scheurt. Wat ze tot nu toe heeft opgeschreven ís al de conclusie. De woede knettert uit zijn knalpot en verwaait. Hij rijdt door een steeds ijler wordend landschap, door oersaaie polders, verder en verder naar het bijna onbewoonde kustgebied waar land en zee in elkaar overgaan en hij, met fiets en al, in mist en wolken verdwijnt. Er is geen grens om te overschrijden, hij glijdt van de ene toestand in de andere, moeiteloos. O, de opluchting, de opluchting!

Na haar laatste zinnen leunt ze achterover. Ze maakt een stapel van de schriften en sluit haar ogen. Klaar. Een tweede versie op de computer tikken gaat nu niet, dat moeten ze op de uitgeverij maar doen. Joost zal de boel komen halen en zal de tekst redigeren zonder haar.

'Dulcie heeft aangeboden alles uit te typen,' zegt Joost. Ze zitten samen aan tafel naar de stapel schriften te kijken. Erna schrikt. 'Dat is haar taak toch helemaal niet? Wat lief van haar!'

'Ze wil het graag en ze is vertrouwd met jouw taal. Ook natuurlijk reuze nieuwsgierig!'

'Je weet toch dat dit eenmalig is, Joost? Het zal niet nog een keer gebeuren.'

'Maak je nou maar geen zorgen, Dulcie doet het met liefde en ik snap dat je nu andere prioriteiten hebt.'

Liefde, denkt Erna, dat mensen aardig zijn en me graag helpen. Als ik daar nu eens in kan gaan geloven heb ik een beetje rust. Er is een boek af, daar wordt voor gezorgd, vertrouw dat maar.

'Toen ik me realiseerde dat het klaar was, leek het alsof het hele huis tien centimeter van de grond kwam en begon te zweven. Eventjes, toen zakte het weer.'

'Je mag er best trots op zijn,' zegt Joost terwijl hij de schriften in zijn rugzak propt. Dan pakt hij haar schouders en kust haar op beide wangen. 'Ik stuur je een print als Dulcie klaar is. Pas goed op jezelf. Je hoort van mij!'

Na het bezoek van de thuiszorgjongen die haar pillen klaarlegde is Erna op de bank gaan liggen. Ze wordt wakker als Paulien binnenkomt.

'Moet je horen, Erna, wat er nú is gebeurd! Overal op het nieuws, niet te geloven, moet je zien, ik zoek het even op de telefoon, ja, kijk, hier!'

Ze toont Erna een foto. Het is de eenzame esdoorn, geveld. Hij ligt met zijn bladerkroon uitgespreid over de muur van Hadrianus. De zaagsnede is een grote witte wond.

'Nee,' zegt Erna, 'dat kan toch niet. Vronie en ik liepen er onlangs nog langs! Wie heeft dat gedaan?'

'Onduidelijk. Ik las een artikel in zo'n Noord-Engelse

krant. Op internet. Daar hadden ze het over langdurige ruzies tussen die erfgoedinstelling die de muur beheert en de boeren die erlangs wonen. Ze verdenken een boze buurtbewoner. Hij heeft een motorzaag in z'n schuur, maar hij ontkent. De omgezaagde boom werd vroeg in de ochtend ontdekt door een vrouw die met haar hond wandelde, ze was zich rot geschrokken. Hollen naar het café daar, politie bellen, alarm!'

Erna is stil. Hoe ze van de bergrug naar beneden liep, daar denkt ze aan. Ongemakkelijk, met pijn. Ze struikelde een paar keer, de plaats waar ze haar voet wilde neerzetten was steeds wat verder weg dan ze dacht. Ze zag Vronie bij de esdoorn zitten wachten. Niet kijken, op haar stappen letten. Toen ze haar hoofd oprichtte om de muur te zien – de muur die vanaf de hoogte naar het valleitje met de boom liep, daar voorlangs kronkelde om dan de volgende bergrug op te gaan – viel ze bijna. Hijgend was ze bij Vronie aangekomen. Die nacht kwam de hoofdpijn die haar definitief als opgegeven zieke heeft bestempeld.

'Allemaal brieven,' zegt Paulien, 'niet te geloven, wat een sentimentele onzin. Vrouwen die bij die boom ten huwelijk zijn gevraagd, mensen die elk jaar een bedevaart maken om aan de voet van de boom iets of iemand te herdenken. As van opa of tante uitstrooien rondom de boom, of van hun hond. Zo onsmakelijk! Ze doen alsof die esdoorn er al tweeduizend jaar staat, ten behoeve van hun kitscherige gevoelens, weerzinwekkend. En maar boeren verdacht maken, beschuldigen en uitschelden! Ik lees trouwens dat er nu nóg twee mannen worden verhoord, jonge mannen. Een samenzwering? Wat denk jij?'

Een onoplosbaar conflict, denkt Erna terwijl ze doodstil op de bank zit maar in gedachten haar schouders ophaalt. Beide partijen hebben valide argumenten. De erfgoedorganisatie wil de muur, het belangrijkste Romeinse overblijfsel in Engeland, het grootste klassieke archeologische object überhaupt – is dat eigenlijk wel waar, denk eens aan de aquaducten in Zuid-Frankrijk? –, bewaren en onderzoeken. Minstens honderd meter ten noorden, vijfhonderd aan de zuidzijde. Niemand mag zich daarmee bemoeien, zij zijn de experts en dragen ook zorg voor alles wat er nog in de grond verborgen ligt. Een boerderij kan je overal neerzetten, vinden ze. Een legitiem standpunt. En de bewoners dan? Die wonen al generaties lang in dit godvergeten grensgebied, hun huizen zijn opgebouwd met stenen uit de muur, wat wisten de voorvaderen van de huidige boeren over de oudheid, de Romeinen, de goede keizer? Het was hún land, hun kinderen speelden op de heerbaan, stoven met hun sleetjes van de hellingen de besneeuwde vallum in en renden 's zomers uitgelaten over de muur. Er hebben altijd schapen rondgelopen; de herders rustten uit met hun rug tegen de oeroude stenen. De redeneringen van de archeologen zijn jong. De organisatie is arrogant en luistert niet. Nee, het recht van de boeren om te wonen waar hun familie altijd heeft gewoond is een verworven recht waar niemand aan mag tornen. Twee goed beargumenteerde meningen pal tegenover elkaar; allebei verdedigbaar en allebei waar. Als er gevochten wordt zal dat met ongelijke wapens gebeuren: enerzijds de gehaaide, goed opgeleide advocaten en anderzijds de boeren met zaag en bijl. Angst en minachting over en weer. Geen diplomaat krijgt ze samen aan tafel, nooit.

Paulien veegt nog steeds driftig over haar telefoonscherm.

'Borreltijd,' zegt Erna. 'Leg dat ding toch weg. Ik drink gewoon door, hoor, zolang ik het nog lekker vind.'

Paulien kijkt haar bevreemd aan. 'Maar moet je niet – mag dat wel, is het verantwoord?'

'Dat kan me helemaal niet schelen. Al die grote beslissingen, die enorme vooruitzichten, die doen er nu niet toe. Geen toekomst en geen verleden alsjeblieft. Nu is nu!'

'Maar hoe is het echt met je, hoe voel je je eigenlijk?'

'Daar moet ik achter zien te komen. Als ik me overgeef aan het regime van het ziekenhuis ben ik alleen een terminale patiënt, dag en nacht bezig met uiteindelijk zinloze behandelingen. Wil ik niet.'

'O, Erna, wat wil je dan wél?'

'Nadenken. Daar is geen tijd meer voor, dus ik moet ruimte maken. Dat wil ik. Ruimte.'

Zo gaat ze de nacht in. De verwijten aan Jacobs adres schuift ze naar de achtergrond, net als de vernedering dat hij met haar geen kind wilde en met de Georgische wel. Allemaal water onder de brug. Verwachtingen over een toekomst heeft ze al helemaal niet, het heden slokt haar op. Ze valt in slaap, wachtend op een aanwijzing, een boodschap van zichzelf aan zichzelf.

In de droom zit ze in een lichte kamer met openstaande deuren naar een bloeiende tuin. Witte vitrage bolt op in de wind. Naast haar staat een wieg, daarin een baby in buikligging. Donkere haartjes, bolle armpjes met een naad tussen handrug en pols. Het kind, een meisje, weet ze, heeft een hemdje aan van het lichtste katoen, haast doorzichtig. Aarzelend legt ze haar hand op het ruggetje, voelt de warmte van het kinderlichaampje, laat dan haar hand met meer zekerheid liggen. Dit, denkt ze vagelijk in haar droom, dit is waar het om gaat. Al het andere is verwaarloosbare afleiding en onzin. De verbinding met dit slapende kind is de essentie. Achter haar intense geluksgevoel dreigt iets onheilspellends, vernietigends. Als ik dit kwijtraak, als mij dit wordt ontnomen is er niets meer dan het diepste zwart. Een zwart gat zoals in de wetenschapsbijlage van de krant wordt beschreven, een enorme, krachtige afgrond die alle licht en leven opzuigt en nooit meer los zal laten. Het is of ze een korte blik krijgt op het verdriet dat ze dan zal moeten voelen. Ze wendt zich af. Ze móét zich afwenden, anders valt er niet te leven.

40.

Vronie staat in Erna's voortuin en denkt aan de eerste keer dat ze hier was, als pas begonnen thuiszorgmedewerkster. Hoe ze toen nerveus aanbelde en op stevige weerstand van de bewoonster stuitte. Geen glimlach kon eraf, ze werd gewoon weggestuurd. Als die hagelbui niet was losgebarsten had ze Erna nooit meer gezien. Vreemd idee, hun levens zijn nu zo verstrengeld en ze kan zich het bestaan zonder Erna niet goed voorstellen. Toch nadert dat, en snel ook. Ze weet het maar beseft het niet echt. Ze gaat even op het vermolmde bankje zitten. De bomen hebben nog blad maar de kleuren zijn aan het veranderen, sommige berkenblaadjes al gelig, de hazelaar nog diepgroen.

Mina is binnen, ze wilde vanmorgen naar Erna toe, op ziekenbezoek.

'Wat ga je daar dan doen?' had Vronie gevraagd.

'Voorlezen natuurlijk. Dat deed jij toch altijd als ik ziek was?'

Zo was het meisje op stap gegaan. Roodkapje, denkt Vronie, oppassen, met haar liep het niet goed af. Mag ik een kind met een stervende vrouw confronteren? Het gevoel zegt nee, maar waarom eigenlijk? Erna ziet er niet halfdood uit en is niet overduidelijk in de war. Toen Vronie haar belde om Mina's komst aan te kondigen was ze ronduit blij geweest. Ik moet het laten gebeuren, ik kan niets veranderen of tegenhouden. Stel dat het thuis niet meer gaat straks, ondanks alle hulp van thuiszorg en vriendinnen? Komt er dan een gedwongen opname? Een rechter die met zijn griffier Erna's kamer binnenkomt, politieagenten erbij, een advocaat, de huisarts, de oncologe? Ook dat theater zal ik niet kunnen verhinderen. Wie vraagt zo'n rechterlijke machtiging eigenlijk aan – de thuiszorg, de huisarts, ik? Moet ik mijn vriendin tegen haar wil in laten opsluiten? Dan gaat ze sterven in een onbekende omgeving tussen vreemde mensen die zij niet vertrouwt. Ze zou beter voor het zover is een fatale hersenbloeding kunnen krijgen. Dat kan op elk moment gebeuren, hebben ze in het ziekenhuis gezegd, je kan dat niet voorspellen. Kan ook nu, terwijl Mina met een boek op schoot naast haar zit!

Vronie vliegt op en loopt naar Erna's voordeur. Ze heeft een eigen sleutel laten maken, voor de veiligheid. In de gang blijft ze even staan luisteren naar de heldere stem van haar dochter. Ze spitst haar oren om te verstaan wat er wordt gezegd. Ze kijkt de kamer in, ziet de rug van Erna die haar hoofd een beetje schuin houdt om goed te luisteren; ze ziet haar dochter van opzij, met een dik boek in haar handen waaruit ze langzaam en ernstig voorleest. Wat leest ze? Vronie probeert op te letten.

'Ik lijd minder; het leven wordt mij al bijna zoet. Ik twist

met geen dokters meer; hun dwaze remedies hebben mij de dood aangedaan; maar hun inbeelding, hun huichelachtige pedanterie is ons werk: zij zouden minder liegen als wij niet zo bang waren voor pijn. Ik heb geen kracht meer voor driftbuien zoals ik ze vroeger had,' leest Mina. Dat is toch geen tekst voor een kind! Daar moet ze meteen mee ophouden, wat een idioot idee om zo'n meisje op te zadelen met de vreemde gedachten van een kennelijk stervende man. Met ferme pas stapt ze de kamer in. Mina stopt met voorlezen.

'Het is een soort dagboek,' zegt ze. 'Van keizer Hadrianus. Hij is oud en ziek, daarover schrijft hij op het einde. Eerst hebben we gelezen over zijn muur, waar jullie geweest zijn. Hij ging ernaartoe om te inspecteren. Hij was er heel trots op.'

'Ik wilde graag dat Mina me uit het boek van Yourcenar zou voorlezen, het is mijn lievelingsboek.'

'O,' zegt Vronie, uit het lood geslagen, 'ja, dat moet dan. Zou Mina het wel begrijpen?'

'Hoeft niet. De taal is al mooi genoeg op zichzelf. Het is een boek dat je telkens kan herlezen, steeds ontdek je er weer iets nieuws in.'

'Het is wel nep, hoor,' komt Mina ertussen. 'Hij schreef het niet zelf, die schrijfster heeft het verzonnen.'

'Wel op grond van brieven die hij aan zijn vrienden heeft gestuurd, en van zaken die uit de geschiedenis bekend zijn en uit documenten. Zoals de reis naar Engeland. Dus het is waar en niet waar tegelijk.' Erna steekt haar hand uit naar het boek en legt het naast zich neer op de bank.

'We hebben taart, wil je een stukje?' Mina staat al en

loopt naar het aanrecht. Erna legt het uit, ziet ze dat Vronie nog steeds niet op haar gemak is?

'Mina is even naar de bakker gegaan omdat mijn boek af is. Ik heb het ingeleverd, dat is iets om te vieren. Ga toch zitten, Mina bedient!'

Vronie kijkt Erna oplettend aan. Ze ziet er zonder meer goed uit. Misschien wat vermagerd maar levendig, met een alerte blik. Bloesje met blauwe bloemen, blauw vest daaroverheen. Ze heeft zich mooi aangekleed voor het bezoek. Ik moet niet zeuren, zij moet het restje van haar leven zo aangenaam mogelijk organiseren. Mina zegt het heus wel als ze die teksten griezelig vindt. Ik zit het maar in te vullen, waarschijnlijk slaat het nergens op. Ik kan er zelf niet goed tegen, dat besef dat haar leven zo goed als voorbij is en dat ze dat weet. Hoe is het in godsnaam mogelijk dat ze plezier heeft in zo'n bezoekje, in voorgelezen worden, in taart!

'Wij hebben al gehad,' zegt Mina als ze een bordje voor Vronie neerzet. 'Wil jij nog meer, Erna?'

'Nee, nu niet, dank je. Jij moet wel nog wat nemen, je vond het zo lekker.'

Vronie zit met de handen in haar schoot vol weerzin naar de taart te kijken. Hazelnoot, schuim. Voortdurend denkt ze aan de kwaadaardige cellen die onstuitbaar in Erna groeien, tot ze haar zullen vernielen. Hoe kan ze er dan zo blijmoedig, zo sereen bij zitten? Misschien heeft het met haar boek te maken, is het een kortstondige euforie omdat de voltooiing gelukt is en zal ze straks terugvallen in somberheid.

'Ben je altijd zo blij als je een boek af hebt?'

'O, nee hoor,' zegt Erna meteen, 'meestal ben ik dan

doodmoe en erg ontevreden. Ook ga ik al snel de mensen missen over wie ik zo'n jaar of twee, drie heb gedacht en geschreven. Nu kan het me niet schelen. Fijn dat Joost alles heeft meegenomen. Nu laat ik me voorlezen en Paulien komt vanavond voor me koken. Ze doet de boodschappen. Heerlijk, toch?'

Vronie weet zich geen raad. Ze zouden het moeten hebben over pijnbestrijding, over testamentaire beschikkingen, over euthanasie. Niet over tevredenheid en taart.

'Komt de huisarts vaak?' Het zou kunnen dat Erna stiekem met hem iets heeft afgesproken en dat die toezegging haar zo rustig maakt. Dat ze weet: volgende week maakt hij me pijnloos dood en ben ik overal van af. Ik durf het niet te vragen.

'Ben je moe, mama?' Mina kijkt haar bezorgd aan. Ik mag dat kind niet belasten met mijn zorgen. Er ligt nog genoeg narigheid in het verschiet voor haar als de dood zo dichtbij komt.

'Vanmiddag komt hij, de huisarts,' zegt Erna, 'en ook iemand van de apotheek. Ik heb een druk programma vandaag.'

Zie je wel, ze gaan overleggen over de ultieme medicatie, vast. Of doen ze het meteen en is Erna vanavond al dood? Komt Paulien voor niets met haar tas vol gezond eten. Help, ik kan dit niet.

'Mina, we gaan, neem maar afscheid van Erna.'

'Maar je hebt je taart nog niet op!'

'Nee, ja, ik werk vanmiddag, ik wil nog even naar huis. Zet maar in de ijskast, die taart.'

Erna trekt haar benen op de bank. Even liggen voordat

de volgende bezoekers komen. Vronie voelt zich enorm beklemd als ze haar een afscheidskus geeft. Het is een afscheid waar ze zich van distantieert. Ik wil nog zoveel zeggen, denkt ze, maar ik krijg het m'n strot niet uit, ik ben in de war, ik ben bang. We moeten hier weg, ik moet Mina beschermen, doen of er niets aan de hand is, proberen m'n kop erbij te houden maar nu eerst de deur uit, de straat op. Ze pakt de hand van haar dochter en samen gaan ze weg, slaan ze op de vlucht voor de duistere dreiging van de onbegrijpelijke ziekenkamer. Het tuinhekje klapt achter hen dicht. Please, denkt Vronie, alsjeblieft, verlos ons, het gaat niet meer.

41.

De kinderen slapen, de avond is gevallen, Thomas zit in zijn studeerkamer achter zijn computer. Vronie heeft zich beneden op de bank genesteld en probeert de lastige zinnen en de verheven woordenschat van Marguerite Yourcenar tot zich door te laten dringen. De passage over het verblijf van de keizer in Brittannië heeft ze gevonden. Daar leest ze dat Hadrianus, in tegenstelling tot zijn keizerlijke voorgangers, er niet op uit was zijn rijk uit te breiden maar goed wilde afgrenzen. Hij wilde behouden wat hij had: *Deze wal werd het embleem van mijn verzaking van de veroveringspolitiek: aan de voet van het meest verwijderd bolwerk liet ik een tempel voor de god Terminus oprichten.* Het was genoeg, hij markeerde een einde. Even gaat de tekst niet meer over zaken die ze maar half begrijpt maar voert hij haar terug naar het landschap rond de muur. De keizer houdt van dit regenachtige land en zit tevreden *in de berookte hut van een Keltische kolenbrander, onze benen verwarmend die gehuld waren in grote broeken van ruwe wol.* Dat kan Vronie zich voorstellen, die ambiance kent zij. Elke zin brengt haar Erna in gedachten, ze kan het niet helpen, zo vol is ze van haar angstige voorgevoel. Erna zal voor zichzelf ook een einde markeren, daar is ze intussen van overtuigd. Ik ben niet goed bij m'n hoofd, denkt ze weliswaar tussen de bedrijven door, ik moet met een verstandig mens praten anders blijf ik over die huisarts malen, over die fatale medicijnen. Maar ze zit op de bank en staart voor zich uit.

Nee, actie, denkt ze na een tijdje. Zal ik gewoon naar Erna toe gaan om te zien of ze nog leeft? Op de fiets, hijgend binnenstormen, roepen dat zij, Vronie, niet overal buiten wil worden gehouden, dat zo'n beslissing onomkeerbaar is en gedeeld moet worden met dierbaren, met mij! Ik zal te laat zijn. Ik zal de huisarts aantreffen die zijn spulletjes verzamelt en wat onverstaanbare woorden tegen me mompelt. Erna intussen dood op haar bank. Een grens overschreden. De god Terminus.

Ze gaat de trap op met zware stappen. Als ze bij Thomas binnenkomt sluit hij snel zijn scherm af.

'Wat is er, Vroon? Je ziet er compleet verwilderd uit.' Ze ploft neer op het kleine bankje dat tegen de boekenkast staat.

'Ik ben zo vreselijk bezorgd, weet me geen raad eigenlijk. Ben zo bang dat Erna er stiekem tussenuit wil knijpen. Dat ze daar al mee bezig is.'

'Hoe kom je dáár nou bij? Vanochtend heeft ze zich nog tevreden door Mina laten voorlezen, zei je. Dat duidt toch op enig welbevinden, ondanks haar precaire toestand.'

Ze vertelt over de huisarts die zou komen, over de nieuwe of bijzondere medicijnen waarvoor met de apotheker overlegd moet worden, over de vreemde sereniteit van Erna – alsof ze het inzicht in haar ziekte helemaal kwijt is. Thomas luistert. Hij komt naast haar zitten op het smalle bankje.

'Het is je eigen angst,' zegt hij ernstig. 'Het gaat om jóúw angst voor de dood. Erna is met heel andere dingen bezig. Hoe dat kan, hoe dat precies werkt weet ik ook niet, maar het lijkt of ze genoegen neemt met haar lot, als ik dat zo mag formuleren. Ze beseft dat ze gaat sterven, ze besteedt geen energie meer aan een gevecht daartegen. Ze zal zich niet verzetten.'

Vronie kijkt hem bevreemd aan.

'Wat bedoel je? Waar is ze dan wél mee bezig? Ik vind haar inderdaad wel rustiger, meer tevreden, dacht ik vanmorgen. En dat terwijl ze doodgaat!'

Thomas is even stil, alsof hij zijn gedachten ordent. 'Ze wil niet dood. Ze wil op reis.'

'Op réís? Waarheen?'

'Naar Georgië. Ik heb een ticket voor haar geboekt. Businessclass, zodat ze comfortabel kan zitten.'

Nee! Dat kan hij toch niet doen, een doodzieke vrouw in een vliegtuig zetten naar een land waar ze niemand kent, waar ze de taal niet spreekt en diep ongelukkig zal zijn?

'Ik heb haar aangeboden om mee te gaan. Dan kan ik haar wegwijs maken, als tolk fungeren en haar een beetje in de gaten houden. Dat wil ze absoluut niet. Ze gaat alleen.'

'Er is toch geen piloot die zo'n ziek mens wil meenemen in zijn vliegtuig? Het kán helemaal niet, het is een krankzinnig plan. Belachelijk!'

'Jij weet hoe ze is. Vastbesloten en stronteigenwijs. Ik heb begeleiding voor haar gevraagd op het vliegveld. Ze brengen haar met een elektrisch karretje naar de gate. Ze neemt een stok mee, dan is ze gewoon een moeilijk lopende bejaarde. Ze moet een vracht medicijnen meenemen, die stopt ze in haar koffer. Kraait geen haan naar. Het is tegenwoordig een rechtstreekse vlucht. Toen ik ging indertijd was ik een hele dag bezig, met overstappen en wachten in Turkije. Nu ben je er in een uur of vijf. Morgen check ik haar in, overmorgen breng ik haar weg. Je kan mee als je wil.'

Ondanks haar bezorgde en afkeurende commentaar heeft Vronie bewondering voor Erna's ondernemingslust en kijkt ze met een andere blik naar deze bizarre draai in de allerlaatste levensfase.

'Ze wil dat kind zien,' zegt ze. 'De zoon van Jacob. Zou die Engels spreken, denk je?'

'Als hij dat niet op school of van zijn moeder heeft geleerd luisterde hij vast wel stiekem naar Engelse zenders op zijn radio. Komt wel goed, geen zorgen.'

Die moeder, denkt Vronie, die geheime vriendin, wat trekt Erna in háár? Een soort solidariteit? Of vooral nieuwsgierigheid? Dingen weten, dat geeft rust – zo denkt Erna. Wordt alles anders in het licht van de dood? Geen energie meer voor driftbuien, zegt Hadrianus; misschien ook niet voor jaloezie en razende afgunst. Erna zal zoeken naar vriendelijkheid, naar verwantschap.

'Ik heb Nona trouwens een bericht gestuurd. Wat haar betreft is Erna welkom. De zoon is ook benieuwd. Zij wil dat Erna bij haar komt logeren, maar dat leek me niet goed. Moet Erna zelf beslissen als ze daar is. Ik heb een hotel geboekt in dezelfde straat. Is toch beter, voor de autonomie?'

Vronie knikt. Ik hoop dat die mensen Erna komen ophalen, dat ze met haar rolkoffertje door de uitgang komt en de jeugdige versie van Jacob ziet in het gezicht, in de motoriek van de schaakschooleigenaar. Daar zal het haar om gaan. Ze wil het kind zien dat zij nooit kreeg.

Twee dagen later brengen Vronie en Thomas Erna naar het vliegveld. Voor haar huis blijven ze even in de auto zitten. Regen klettert tegen de ruiten.

'De huisarts heeft een brief meegegeven,' zegt Thomas. 'In het Engels. De diagnose, het verloop en een handleiding voor de meegevoerde medicatie. Die opiumachtige dingen voor als ze pijn krijgt.'

'En de dexamethason, dat moet ze dagelijks nemen.' Vronie zucht.

Ze gaan naar binnen, waar Erna al klaarzit voor vertrek. In haar engelachtige, onaantastbare staat, denkt Vronie. Thomas neemt de koffer, Erna de wandelstok. Vronie sluit het huis af. De buurvrouw zal vast oppassen, ze vraagt er niet naar. In de auto onderweg zwijgen ze alle drie. Hoogstwaarschijnlijk is dit de laatste keer dat ik haar zie, deze vrouw die in een toestand verkeert die ik niet echt kan navoelen, die in zekere zin al verdwenen is en in haar gedachten misschien in een schaakschool zit.

Op de luchthaven staat het karretje al te wachten, bestuurd door een vriendelijke, wat oudere stewardess. Thomas zet de koffer erin en neemt schutterig afscheid van Erna, met beloftes over bellen, mailen, vertellen wat ze in Tbilisi doet, want dat wil hij in de gaten houden. Als Vronie tegenover Erna staat is ze ineens volkomen overmand door verdriet en weet ze niets te zeggen. Het hoeft niet, ze kijken elkaar aan, allebei met betraand gezicht. Erna legt haar hand langs Vronies wang. Ze omhelzen elkaar.

De stewardess helpt Erna het wagentje in en manoeuvreert handig naar de bagageafgifte. Dan verdwijnen ze achter een ondoorzichtige wand. Erna wuift en is weg. Thomas en Vronie kijken hand in hand naar de leegte waaruit zij nu is vertrokken.

'Dat was het,' zegt Thomas, 'dat was het einde van Erna.'

Citaten uit *Hadrianus' Gedenkschriften* van Marguerite Yourcenar
Vertaald door J.A. Sandfort
Athenaeum – Polak & Van Gennep, Amsterdam 1978